新编

古典今看

王溢嘉——

著

中国出版集团　　东方出版中心

图书在版编目（CIP）数据

新编古典今看 / 王溢嘉著. －上海：东方出版中
心，2022.12
ISBN 978-7-5473-2101-0

Ⅰ.①新… Ⅱ.①王… Ⅲ.①中国文学－古典文学研
究 Ⅳ.①I206.2

中国版本图书馆CIP数据核字（2022）第207900号

新编古典今看

著　　者　王溢嘉
策划编辑　张淑媛
责任编辑　张淑媛
封面设计　钟　颖

出版发行　东方出版中心有限公司
地　　址　上海市仙霞路345号
邮政编码　200336
电　　话　021-62417400
印　刷　者　上海盛通时代印刷有限公司

开　　本　890mm×1240mm　1/32
印　　张　8.875
字　　数　118千字
版　　次　2022年12月第1版
印　　次　2022年12月第1次印刷
定　　价　45.00元

自序　别窗有奇景：古典文学的新诠释

　　我的闯入中国古典文学领域，可以说是出于偶然的机缘。将近三十年前，师大中文系的郑明娳教授打电话到《健康世界》杂志社来，说她为《台北评论》策划一个"从古典文学看中国女性"的专题，希望我能从精神分析的观点分析一下《金瓶梅》里的潘金莲。与文学界殊少来往，将近十年未在外面的报章杂志写过文章，也从未分析过文学作品的我，第一个反应是以"忙"为"遁"。当时我的确是在"穷忙"，除了《健康世界》的编务外，更忙着由我和妻子一手包办的《心灵》杂志的一切琐事。但拗不过郑教授的热心与盛情，最后还是答应了。

　　在写了《从精神分析观点看潘金莲的性问题》后，当时任《台北评论》执行主编的林耀德又来找我，要我"继续写"。恭敬不如从命，所以我又在《台北评论》写了两篇：《从梁祝与七世夫妻谈浪漫爱及其他》和《从薛氏父子传奇看伊底帕斯情结在中国》。后来《台北评论》停刊，耀德兄到《台湾春秋》担任文学主编，他又来邀稿，要我转移阵地，结果我跟着转进到《台湾春秋》。随后，耀德兄离开《台湾春秋》，我不知进退，还继续写下去，写到后来，居然已到了能出一本书的地步。

但我的闯入中国古典文学领域，也有机缘以外而近乎命定的成分。在郑教授向我邀稿时，我正处于"四十而大惑"的人生危机中，几经彷徨，作了两个重大决定：一是停掉以介绍西洋心理学、精神医学、脑神经生理学、人类学和科学哲学为主的《心灵》杂志；一是投靠"名门大派"，改到各报章杂志上写文章。郑教授和耀德兄成了适时出现的"贵人"，虽然我很久以前就想以"西学为用"，来理解"中学"这个"体"；也很想碰一些古典文学，以博得出身台大中文系妻子的"赞美"，但一直停留在做白日梦的阶段。若没有他人催逼与发表的园地，我可能到现在还未动笔，或者已改写别的东西。

这些文章在刊载时的专栏名称为"古典今看"，但写了一两篇后，就发现我的"看法"跟学院派文人不太一样，不同的地方主要有两点：一是我所探讨的多属"周边文学"，譬如《七世夫妻》《薛丁山征西》《肉蒲团》《封神榜》《周成过台湾》《子不语》《笑林广记》等；即使在讨论《红楼梦》时，我的主题依然是林黛玉的病与死这个周边问题。一是我除了用已被接纳为一种文学批评理论的精神分析学和分析心理学外，还用了大量的社会生物学、意识进化论、性医学、超心理学、人类学甚至脑神经生理学来解析这些文学作品。事实上，我是用我比较熟悉的知识体系来"看"这些古典文学的。

　　这当然跟我的所学有关，每个人都会受到他个人知识经验的局限。我为什么会以周边的方法去分析周边的文学作品，在相关的篇章里，都已作了说明，此处不再赘述。个人的一个想法是，中国古典文学是祖先留下来的一份丰富精神遗产，要使现代国民再度亲近它们，我们应该以更宽广的视野、更多样的角度来赋予它们以新义，为它们争取更多的读者。笔者误打误撞，觉得自己所写的，在学院派文人眼中也许根本称不上什么"文学评论"，但即使属于旁门左道的散兵游勇，既然写了，却是有心要赋予这些文学作品以新义的。虽然有心，不过显然也不够用心，因为一个月要写一篇，加以诸事繁忙，每篇文章从阅读原书到撰文，只能有一个礼拜的时间，疏拙之处在所难免。

　　本书在一九八九年初版后，承蒙各界厚爱，发行了近二十刷，也在中国大陆发行简体字版。后来因个人疏懒，卖完了没有再印，想就此不了了之；如今在绝版多年后重新出版，所以我对旧文作了一些修改，主要是在既有的架构里添加新的枝叶。譬如在谈《白蛇传》时，多了文学进化论的看法；在谈《金瓶梅》时，讨论了潘金莲是否有想要"自我羞辱"的被虐倾向；在谈《包公案》时，增加了中国官场侦办刑案时特有的"包青天情结"。另外，我也增加了一篇《唐诗别裁：〈枫桥夜泊〉与〈慈乌夜啼〉两首》，从文学之外的角度去凸显这两首唐诗所涉及的一些真实与心理问题，期望大家在欣赏优美的诗文之余，能多一点省思。

王溢嘉

二○一九年五月

目

录

美丽与哀愁之外：

林黛玉的爱情、疾病与死亡

　　为了让浪漫之爱"悬搁"在它炽烈的高原状态，当事者通常必须"适时地死亡"，宛如樱花一般，在最灿烂的时刻凋落。

　　疾病介入爱情，通常在象征那是一种"有病的爱"。林黛玉的肺结核正表示她对贾宝玉的爱有病态的成分，简单地说，就是一种"自虐式的爱"。

　　肺结核是18世纪以降，爱情小说主角最常得的病，也是艺术家的优雅之病。林黛玉正是大观园里最多愁善感、最才华洋溢的艺术家。

　　肺结核会发烧，代表一种热情，但发烧时的体温通常不会很高，所以那是一种"内在闷烧的热情"。林黛玉的爱情正具有这种压抑的性质。

重新拿起《红楼梦》的心理转折

笔者甫上大学时，即买了一本《红楼梦》，想虚心拜读这部被公认为中国最伟大的小说。但多次阅读，都是看了几回就无疾而终。要说老实话嘛，是"没兴趣再看下去"，总觉得它所描述的世界、所透露出来的心情和观念，跟我当时的心灵视野对不上，而缺乏阅读的热情。所以在那个自发性阅读的年代，《红楼梦》很自然地被我摆在一边，坐冷板凳。

今天，重新拿起《红楼梦》，是因为自己的心灵经过一个很大的转折，峰回路转，变得"适合"来研读这部古典名著了。历来讨论《红楼梦》的专家学者多矣，笔者后知后觉，对过去汗牛充栋的红学论著有很严重的专业缺憾。但也许正因为这种缺憾，使我得以用自己的专业眼光以及一种跟传统不太相类的文学心灵来看《红楼梦》。

塑造美丽与哀愁故事的惯用手法

在《红楼梦》这部人物众多、布局宏伟的巨著里，贾宝玉和林黛玉的爱情无疑是一条重要的主线。这条主线在九十七回《林黛玉焚稿断痴情，薛宝钗出闺成大礼》达到最高潮。林黛玉吐血而亡，贾宝玉则神志不清地娶了薛宝钗，令人回肠荡气的爱情在疾病与死亡中画上休止符。

在文学作品里，爱情、疾病与死亡这三者经常如影随形，联袂登场。爱情是美丽的，而疾病与死亡则是令人哀愁的，它们的三位一体，似乎是文学家在塑造一个美丽与哀愁故事时惯用的手法。但从心理学的观点来看，将疾病与死亡附加于爱情，并非在增加哀愁而已，它们还有另外的含义。事实上，爱情故事里的疾病与死亡都已跨越了医学范畴，而成为文学领域里一种独特的隐喻（metaphor）。本文拟从林黛玉的"病"与"死"这个对传统文学家而言属于周边的立场，来剖析她的"爱"，并兼及她的才情与人格。

我们先谈死亡与爱情的关系。

古典浪漫之爱的两个要件

古典浪漫之爱的两个基本要件是"欲望的不得消耗"与"死亡"（详见《〈梁祝〉与〈七世夫妻〉：闲谈浪漫之爱

及其他》一文）。因为性欲的满足会减弱爱情的强度，就像叶慈所说："欲望会死亡，每一次的触摸都耗损了它的神奇。"为了使欲望不被消耗，通常会有种种的横逆来阻扰他们的爱情，使有情人不得成为眷属。但另一方面，时间的推移也会使爱情自动弱化，所以为了让浪漫之爱"悬搁"在它炽烈的高原状态，当事者通常必须"适时地死亡"，宛如樱花一般，在最灿烂的时刻凋落。

梁山伯与祝英台、罗密欧与朱丽叶等古典浪漫之爱故事，多符合上述的结构。林黛玉对贾宝玉的爱情也具有这种本质，她和宝玉"一处长大，情投意合"，心中的一缕情丝早已缠在宝玉身上，但种种横逆却使她炽烈的情感与欲望不得消耗，礼教的束缚，使她"虽有万千言语，自知年纪已大，又不便似小时可以柔情挑逗"。而"宝玉"和"金锁"（薛宝钗）间的"金玉良缘"论，也使她不时悲疑；在贾母、王夫人、邢夫人、凤姐儿等成熟女人眼中，她更是"乖僻""虚弱"，不准备将她配给宝玉。

死亡：浪漫之爱的一个隐喻

当宝玉的婚事日渐明朗化时，黛玉也日渐走上了自绝之路。在她窃听了紫鹃和雪雁有关宝玉定亲的谈话后，"如同将身撂在大海里一般。思前想后，竟应了前日梦中之谶，千愁万恨，堆上心来。左右打算，不如早些死了，免得眼见了意外的事情，那时反倒无趣"。于是"立意自戕"，"把身子一天一天的糟蹋起来，一年半载，少不得身登清净"。中间虽有一些起伏，她也曾到宝玉住处，想"问个明白"，但只是更增加心中的迷惑。终于在"薛宝钗出闺成大礼"时，她在潇湘馆中直叫："宝玉！宝玉！你好……"香魂一缕随风散。

　　如果照贾母的如意算盘，"先给宝玉娶了亲，然后给林丫头说人家"。男婚女嫁，各生了一大堆子女，那么这也就不成其为"浪漫之爱"了。林黛玉"必须"在贾宝玉成婚的当天死亡，这样才能使她对宝玉的爱情永远悬搁在那炽烈的最高点，才能赚人热泪。贾宝玉虽然在娶薛宝钗时神志不清，日后也出家当和尚，但因没有"适时地死亡"，他对林黛玉的爱情就少了那么一点令人感动的力量。

　　死亡是浪漫之爱的一个隐喻，甚至是浪漫之爱的一个必备条件。林黛玉的死亡，明白告诉我们，她对贾宝玉的爱是属于古典的浪漫之爱。

疾病:"有病之爱"的象征

在古典的浪漫之爱故事里,虽然总是脱离不了死亡,但带来死亡的并不一定是疾病。譬如在《七世夫妻》这组中国古典浪漫之爱的故事里,美梦成空而情丝难断的梁山伯是因相思而茶饭不思,终至一命呜呼的;而韦燕春则是与贾玉珍相约在蓝桥相会,在倾盆大雨、洪流滔滔中,他不忍离去,结果抱桥柱而亡。

疾病的介入,特别是可以指名的疾病的介入,通常是爱情的另一个隐喻。在白先勇的《玉卿嫂》里,玉卿嫂所狂情热爱的庆生,是一个苍白、羸弱的肺病患者;在托马斯·曼(Thomas Mann)的《魂断威尼斯》里,中年作曲家对到威尼斯度假的美少年产生了同性之爱,结果感染了瘟疫(霍乱);在西格尔(Erich Segal)《爱情故事》里,出身世家的男主角不顾家人反对,娶了门不当户不对的女主角,结果女主角得了血癌这一不治之症。

在这些故事里,疾病所要象征的似乎是:当事者之间的爱乃是"有病的爱"(a diseased love),最少是社会共识里"有病的爱"(譬如让当时多数人皱眉的)。

日受奚落的痴情狂恋

浪漫之爱在某些人的眼中，原就是"病态"的。行为主义者斯金纳（B. F. Skinner）写过一本乌托邦式的小说《桃源二村》，他透过小说人物佛莱泽说："男女间强烈的诱惑力是一个恼人的文化气质"，"缠绵悱恻的痴情畸恋，就整个文化而言，根本微不足道"。他认为痴情狂恋是一种"无益"而且"不健全"的行为。赫胥黎（A. L. Huxley）也在他的乌托邦小说《美丽新世界》里，以新世界元首的话传达了这种观点："贞节意味着热情，贞节意味着神经衰弱，而热情与神经衰弱意味着不安定。"

人文心理学家罗洛·梅（Rollo May）更在他的《爱与意志》一书里提到，有一个心理治疗学家很有自信地说："如果罗密欧与朱丽叶活在现代，如果他们能接受适当的心理治疗，就不会发生那种悲剧。"

为什么要他们接受"心理治疗"？显然是认为他们"有病"！在浪漫之爱的故事里，男女主角常会"生病"，似乎就是这种心理的投射。而越是明显的"病"，就意味着那种爱有着越严重的"病态"成分。

林黛玉爱情的病态成分

林黛玉是个"病"得很重的人。我们若从这个观点来看，不难发现她对贾宝玉的爱情是含有"病态"成分的。林黛玉对贾宝玉虽是一往情深，但两人在一起时，却常常因她的"多心"与"赌气"，而闹得彼此"泪流满面"。

譬如在第二十回，黛玉听说宝玉先到宝钗处玩儿，心里就不高兴，宝玉陪罪："只许和你玩，替你解闷儿。"黛玉仍赌气回房，宝玉忙跟了过去，关心地问："好好儿的又生气了？"怕她糟塌坏了身子。但黛玉却说："我作贱了我的身子，我死我的，与你何干！"宝玉道："何苦来？大正月里，'死'了'活'了的。"黛玉却道："偏说'死'！我这会子就死！你怕死，你长命百岁的活着，好不好？"

第二十六回，宝玉到潇湘馆探望黛玉，黛玉刚睡醒坐在床上，宝玉见她"星眼微饧，香腮带赤，不觉神魂早荡"，打情骂俏地引了书中的一句话说："若共你多情小姐同鸳帐，怎舍得叫你叠被铺床？"想不到黛玉听了登时摺下脸来，哭道："如今新兴的，外头听了村话来，也说给我听；看了混账书，也拿我取笑儿。我成了替爷们解闷儿的了。"一面哭，一面下床来，往外就走。害得宝玉心慌，连忙说："好妹妹，我一时该死！……我再敢说这些话，嘴上就长个疔，烂了舌头。"

可说是一种"自虐式的爱"

又如第三十二回，黛玉感念宝玉对自己的知心，又想及自己的薄命，不觉落泪。宝玉赶着上来，笑道："妹妹往那里去？怎么又哭了？又是谁得罪了你了？"黛玉强笑说："好好的，我何曾哭来？"宝玉见她眼睛上的泪珠儿没干，禁不住抬起手来要替她拭泪，黛玉立刻防卫式地后退，说道："你又要死了！又这么动手动脚的！"但当宝玉为此而急出一脸汗时，她却伸手替他拭面上的汗。宝玉说："你放心！"黛玉又说："我有什么不放心的？我不明白你这个话。"宝玉叹道："你果然不明白这话？难道我素日在你身上的心都用错了？连你的意思若体贴不着，就难怪你天天为我生气了。"黛玉还说她"真不明白"。宝玉又叹道："好妹妹，你别哄我。你真不明白这话，不但我素日白用了心，且连你素日待我的心也都辜负了。你皆因都是不放心的原故，才弄了一身的病了。"黛玉虽然觉得宝玉这番话

"竟比自己肺腑中掏出来的还觉恳切"，却只管怔怔地望着他，"咳了一声，眼中泪直流下来，回身便走"。宝玉上前拉住，黛玉"一面拭泪，一面将手推开"。

以上所举，可以说是林黛玉和贾宝玉之间的爱情基调，从心理学上来看，我们可以称之为"自虐式的爱"。它确实是有点"病态"的，也使我想起卡夫卡对爱情的描述，卡夫卡说："爱情，你是一把刀子，我拿来刺入自己的心中。"而在第八十二回《老学究讲义警顽心，病潇湘痴魂惊恶梦》里，在林黛玉的梦中，当两人又因事发生争吵时，贾宝玉就是"拿着一把小刀子往胸口上一划"。当然，有人会说以刀自残的是贾宝玉，但那是林黛玉的梦，我们要知道一个人在梦中梦见某某人会说什么话、做什么事，通常是做梦者自己心思的投射。

无独有偶，卡夫卡也是一个"有病"的人，他得的是肺结核。

林黛玉的肺结核

林黛玉到底得的是什么病呢？《红楼梦》对林黛玉所患之病的症状有如下描述：黛玉初到贾府时，"身体面貌虽弱不胜衣，却有一段风流态度"。众人"便知她有不足之症"；经常懒洋洋的，香腮带赤；第三十四回，黛玉在宝玉送来的帕子上题诗后，"觉得浑身火热，面上作烧，走至镜台，揭起锦袱一照，只见腮上通红，真合压倒桃花，却不知病由此起"。

其他像"每岁至春分、秋分后，必犯旧疾；今秋又遇着贾母高兴，多游玩了两次，未免过劳了神，近日又复嗽起来""常常失眠""容易疲倦"。而到了第八十二回，林黛玉梦中醒来，"双眸炯炯，一会儿咳嗽起来，连紫鹃都咳嗽醒了"。吐了"满盒子痰，痰中有些血星"。后来日渐严重，"脸上一点血色也没有，摸了摸身上，只剩了一把骨头"。"哇的一声，一口血直吐出来""喘了好一会儿""气接不上来""又咳嗽数声，吐出好些血来……"

从这些症状描述，我们可以很清楚地知道，林黛玉罹患的是肺结核，也就是俗称的"肺痨"。在过去，肺结核是一种相当常见的疾病，19世纪及20世纪初年的作家，喜欢让他们的男女主角染上肺结核，就跟现代作家乐于让他们的男女主角罹患癌症一样，这绝不只是社会写实而已，还有超乎医学与写实之外的深刻含意。

肺结核的"疾病美学"

在癌症中，最常出现于爱情小说里的是"血癌"（一称"白血病"），这种癌症并不像其他癌症般会有可见或可触摸得到的可憎肿瘤，能维持当事者的形象美感；而且血是生命的象征，病人因此病而脸色苍白，在"白"与"血"之间，很巧妙地营造出病人"美丽的生命正逐渐被吞噬"的意象。西格尔《爱情故事》里的女主角，得的就是这种病。

结核病也不是只侵犯肺，它还会侵犯肾脏、骨头等器官，但在过去的爱情小说里，出现最多的还是仅止于肺的结核病。因为肺是呼吸器官，而呼吸亦是生命的象征；病人虽然也脸色苍白，但不时出现"红晕"，"却有一段风流态度"，不停地咳嗽，还有生命"挣扎"与"颤动"的气氛，如果能适时吐一口血，则更有鲁迅所说"海棠丫环"的凄艳美感。肺结核就像血癌，在"白"与"血"之间，营造出病人"美丽的生命正逐渐被吞噬"的意象，而且于"疾病美学"，更胜血癌三分。

如果林黛玉得的不是肺结核，而是亦常见于当时社会的痢疾（我考察中国的流行病史，在清朝初年，最常见的流行病是痢疾），需经常跑厕所拉肚子，吐出来的是胃中的秽物；如果《爱情故事》女主角得的不是血癌，而是肚子会鼓得像青蛙一样，上面血管盘结的肝癌，那么她们的浪漫之爱必然会大为"失色"。我们若考虑疾病的隐喻作用，则不仅能更确认林黛玉得的是肺结核，而且可以说，林黛玉"只能"得肺结核，因为其他病都不"合适"。

肺结核与"心理郁结"

在第八十三回，贾府请了高明的王太医来为黛玉诊病，王太医说她是"六脉弦迟，素由积郁。左寸无力，心气已衰。关脉独洪，肝邪偏旺。本气不能疏达，势必上侵脾土，饮食无味，甚至胜所不胜，肺金定受其殃。气不流精，凝而为痰，血随气涌，自然咳吐。"笔者虽不懂这种夹杂阴阳五行的中医病理学，但知道他意思是说林黛玉的病是"平日郁结所致"。王太医更说，这种病"即日间听见不干自己的事，也必要动气，且多疑多惧。不知者疑为性情乖诞，其实因肝阴亏损，心气衰耗，都是这个病在那里作怪。"

稍懂现代医学知识的人都知道，肺结核是一种传染病，它的病源是结核菌。但在将王太医的一番话打为"胡说八道"之前，我们不妨先看看西方人的观点。在科赫（R. Koch）发现结核菌并证实它是肺结核的病源（1882）之前，西方人也一直认为遗传体质、气候不顺、少活动、心情郁闷等才是它的病因。即使到了近 20 世纪中叶，罹患肺结核的小说家卡夫卡依然认为"我的心灵病了，肺部的毛病只是我心灵疾病的泛滥"，"我开始认为结核病不是什么特殊的病，而是'死亡之菌'的猖狂所致。"

文学家甚少以科学观点去看待疾病的，他们着重的是疾病的文学观。即使确知结核菌是肺结核的病源，但这也只是"外在的物理因素"，它另有"内在的精神因素"，王太医所说的"平日郁结所致"指的似乎就是这一点。文学家在以疾病作为隐喻前，已将疾病本身浪漫化了。

优雅的艺术家之病

苏珊·桑塔格（Susan Sontag）在《疾病的隐喻》这本

书里，对肺结核在西方文学作品里的被浪漫化与隐喻化过程，作了相当独到的阐述，下面笔者就借用她的几个观点，来进一步分析林黛玉的才情、人格与爱情。

拜伦、济慈、肖邦、史蒂文森、劳伦斯、梭罗、卡夫卡等知名的艺术家都患有肺结核，肺结核可以说是名副其实的"艺术家之病"，它不仅是一个人优雅、细腻、善感的指标，更是一个人才情的戳记，雪莱就曾对肺病患者济慈说："这种痨病特别喜欢像你这种能写出如此优美诗文的人。"浪漫主义的兴起，跟当时很多艺术家都是肺病患者也许有某种程度的关系。有人甚至说，当代文学与艺术的没落，乃是因为艺术家较少得肺病的关系。

到底是多愁善感的人较易得肺结核？或得了肺结核的人较易变得多愁善感？我们不拟探究它们的因果关系。虽然绝大多数的肺结核患者都属于生活条件很差的贫民阶级，但肺结核还是被美化成多愁善感与才华横溢的象征。作为一种"艺术家之病"，它不仅存在于现实社会中，也一再出现于文学作品里。

在《红楼梦》里，林黛玉就是大观园中最多愁善感、最优雅细腻、最才华横溢的"艺术家"。她不仅能写一手好诗、弹一首好琴，而且还经常"肩上担着花锄，花锄上挂着纱囊，手内拿着花帚"。怕落地的花瓣被糟蹋了，而为它们准备了花冢，自己一面葬花，一面哽咽低吟："尔今死去侬收葬，未卜侬身何日丧？侬今葬花人笑痴，他年葬侬知是谁？试看春残花渐落，便是红颜老死时。一朝春尽红颜老，花落人亡两不知！"

这种"美丽的哀愁""细腻的才情"正需要肺结核这种病来衬托。

一个艺术家如果能死于肺结核，可以说比死于其他疾病都要来得"高贵"，因为肺结核有美化死亡的效果。狄更斯就曾说："肺结核……灵魂与肉体间的搏斗是如此的缓慢、安静而庄严，结局又是如此的确定。日复一日，点点滴滴，肉身逐渐枯萎消蚀，以至于精神也变得轻盈，而在它轻飘飘的负荷中焕发出异样的血色。"

衬托出林黛玉的脾性

林黛玉最后死于肺结核，除了象征浪漫之爱的必然结局外，更代表了一个艺术家的理想归宿。艺术家决定她死亡的方式，而浪漫之爱则决定了她死亡的时刻。1828 年，拜伦望着自己镜中苍白的容颜说："我希望死于肺结核。"他的朋友问他为什么？拜伦回答说："因为如果是这样，那些女士们就会说：'看看那可怜的拜伦，他死时的样子多么魅人！'"林黛玉的死，正有着这种魅人的意味。

事实上，肺结核的美感乃是来自一种"欺蒙"，譬如病人的"容颜似雪"，是生命快被掏光的危象，而"香腮带赤"则是发烧的一种反应。在文学作品里，被浪漫化的肺结核说的通常只是它美丽的一面，而《红楼梦》很难得地也触及了它的另一面，那就是林黛玉令人不敢领教的脾性。

林黛玉"无事闷坐，不是愁眉，便是长叹，且好端端的，不知为着什么，常常的便自泪不干的"。她"孤高自许，目无下尘"，除了服侍她的雪雁、紫鹃外，不得下人之心，而雪雁、紫鹃先时还解劝她，"用话来宽慰。谁知后来一年一月的，竟是常常如此，把这个样儿看惯了，也都不理论了。所以也没人去理他，由他闷坐，只管外间自便去了"。

她的细腻，使她的心像针儿一样，在善感之中经常刺伤了别人。被刺伤得最多的，当然就是爱她最深的宝玉。

这些不好的脾性跟她的才情、优雅、细腻、善感乃是一体两面。疾病可以引出一个人最好的一面，但同时也会暴露他最坏的一面。透过肺结核这个隐喻，我们似乎可以更加了解曹雪芹所欲赋予林黛玉的才情与人格本质。

内心闷烧的热情

前面已提及，林黛玉的病象征她对贾宝玉的爱是一种"有病的爱""自虐式的爱"。那么当这种病已明确化为肺结核时，它是否另有其他意涵呢？

托马斯·曼在《魔山》这本小说里曾说："疾病的症状是爱情力量的假面演出，所有的病都只是爱的变形。"肺结核患者会发烧，而使脸颊现出红晕，所以它是一种"热情之病"（a disease of passion）；但因为它发烧时的体温通常不会很高，所以这种热情较接近于在"内心闷烧"，有着压抑的性质。

我们若以此来考察林黛玉对贾宝玉的爱情，那的确是属于有些压抑的，在"内心闷烧"的热情。笔者在前面介绍林黛玉肺结核的症状时，曾提到在第三十四回，她在宝玉送来的绢子上题诗时，"觉得浑身火热，面上作烧"。照镜子发现"腮上通红，真合压倒桃花"。这一方面固然是肺结核发烧的症状，但一方面也是她"体贴出绢子的意思来，不觉神痴心醉"的结果。病欤？情欤？我们宜两者合而观之。

热情在心中的波涛起伏

在贾宝玉有了提亲之说后，我们最可以看出黛玉的热情在"体内闷烧"的变化。当她听到丫环误传宝玉已订下知府千金小姐亲事的消息后，热情失去了归依的对象，于是立刻在自己"体内闷烧"，病情加剧；后来又听说没那回事，贾母希望"亲上加亲"，属意"园里的姑娘"，黛玉觉得那就是自己，在体内闷烧的热情又有了出口，病情也跟着好转；到最后确定宝玉要娶的是宝钗后，无处发泄的热情终于又退回体内急剧燃烧，以致香消玉殒。

在这段期间内，大观园里的众人都知道"黛玉的病也病得奇怪，好也好得奇怪"。邢夫人和王夫人是"有些疑惑"，而贾母"倒是略猜着了八九"，她知道黛玉的病"时好时坏"代表的是她心中热情的波涛起伏。

纪德（A. Gide）在《背德者》这本小说里，有一个发人深省的布局，书中主角米契尔是个肺结核患者，他有同性恋的倾向，但他压抑这种爱，直到有一天，他不再压抑，接受了这种爱，他的肺结核竟也不药而愈了。林黛玉对贾宝玉的爱，除了"自虐"外，更有很浓厚的压抑色彩，如果她能更自然地让热情流露，也许就能减少或者不需要那么多症状。但这似乎是不可能的，因为基本上，林黛玉对贾宝玉的爱是最前面所说的"古典浪漫之爱"，欲望是不能消耗的。

斯人而有斯疾也

红学专家认为，《红楼梦》后四十回并非曹雪芹所写，而是高鹗的续作，本文所谈林黛玉的爱情、疾病与死亡，从第二回到第九十八回，贯穿这两者。笔者觉得，曹雪芹和高鹗对林黛玉爱情、疾病与死亡的铺陈，倒是首尾相扣，有着相当的一贯性。

如果曹雪芹写《红楼梦》，是将"真事隐"，那么书中的林黛玉可能有个来自现实生活的蓝本。而高鹗的续作则全凭"文学家的想象"，他在第八十二回就让林黛玉"惊恶梦"，然后"吐血"，然后"死亡"，我们无法揣测这种演变是否符合曹雪芹的原意，但胡适说得好："高鹗居然忍心害理的教黛玉病死，致宝玉出家，作一个大悲剧的结束，打破中国小说的团圆迷信，这一点悲剧的眼光，不能不令人佩服。"

为什么"作一个大悲剧的结束"就是续得好、续得妙？胡适并没有说，但它的答案似乎就在笔者前面所说"古典浪漫之爱"的基本结构里。其实中国旧小说及民间故事里，多的是以悲剧收场的，只是它们素来受到文评家的漠视与鄙薄而已！

生老病死虽是人生必经之路，但一个文学家和一个医学家对疾病与死亡显然是抱持着不一样的态度，并会给予不同诠释的。医学家尝试使人免于疾病和死亡，而文学家则试图赋予疾病和死亡以意义。笔者不揣浅陋，从医学的观点出发，但却想赋予林黛玉的疾病和死亡特殊的意义，期使世人对这位"病美人"的才情与爱情本质有更深一层的认识。基本上，我是把林黛玉当作"美病人"而非"病美人"来看待的，但分析到最后，也不禁像孔老夫子一样叹息："斯人而有斯疾也！"

《三国演义》vs《三国志》：
两个孔明的文化玄机

　　《三国演义》里的孔明，真实性只有三分，虚构性反倒占了七分。这主要是想以他来彰显汉文化里的两种人物原型：一是军师，一是高人。

　　在演义小说里，当天下大乱时，一定会有主公与军师的最佳搭档出现。主公正心诚意，有着儒家的色彩；而军师则神机妙算，有着道家的色彩。

　　孔明的军师本质，是不必经由磨炼与考验就具备的，这种"本质先于存在"的意识形态，容易造成文化的停滞与闭塞。

　　谨慎是孔明人格的核心样貌，拙于奇谋与应变力、不喜欢冒险正是一个谨慎人格者应有的行为反应模式。

"诸葛亮"已成汉文化里的原型性人物

多年前，笔者曾在政论杂志上，看到有人以"孔明心态"这样的一个模本来臧否政治人物。这个模本显然是来自《三国演义》，在《三国演义》里，孔明"草堂春睡"，要等刘备"三顾茅庐"后，他才道出"天下三分策"，出山驱驰。所谓"孔明心态"，指的大概是一个人"摆出看破红尘的清高姿态，需要对方执礼甚恭，三敦四请，他才勉为其难地出山，以济困解厄"的一种心态。

除了"孔明心态"外，还有很多衍生词和谚语也都与孔明有关，譬如"赛诸葛""小诸葛""三个臭皮匠胜过一个诸葛亮"等；甚至连"汉贼不两立，王业不偏安"这种政治见解，也是来自孔明。这些衍生词与谚语的广泛使用，都说明了孔明不仅是个家喻户晓的历史人物，更是一个超越历史的象征人物。"孔明心态"里的"孔明"，"赛诸葛"里的"诸葛"，前后《出师表》里的"臣亮言"，代表的其实是传统中国文化里的一个人物"原型"（archetype），是此一文化圈内某些共通意向或理念的表征。

"滚滚长江东逝水，浪花淘尽英雄。"在人世的舞台和时间的洪流里，不知浮沉过多少英雄人物，虽然"是非成败转头空"，但这些英雄人物和他们的是非成败却积累而成历史。在"几度夕阳红"之后，后世的人只能通过历史记载和小说戏曲去重新认识这些英雄人物。但一想去辨认，立刻就发现里面另有文章。

为什么会有两个"孔明"？

在一个民族的集体潜意识中，对历史与人物似乎有一些共同的主观意念、某些个既定的结构。它们像文化的筛孔，特别易于过滤、涵摄符合此一心灵模式的历史枝节和人物特征，然后以想象力填补其不足，再造历史与人物。这种再造往往是不自觉的，甚至可以说是来自亘古的召唤，因为唯有通过这种再造，一个民族集体潜意识中的"原型"才有显影的机会。

一个原型性人物假借自历史，但必然也会脱离历史。当我们想根据历史记载和小说戏曲去辨认孔明的形貌、思想、人格乃至心态时，就会发现事实上有"两个孔明"存在着：一是陈寿《三国志》里的孔明，笔者称之为"塑造历史的孔明"；一是罗贯中《三国演义》里的孔明，笔者称之为"文化塑造的孔明"。

时至今日，"塑造历史的孔明"已日渐模糊，但"文化塑造的孔明"却仍然鲜活地活在广大汉民族人民的心目中。这不只是因为《三国演义》的流通量大于《三国志》，更是因为《三国演义》里的孔明，较契合汉民族的心灵。

《三国演义》是《三国志》的再造，它笔下的孔明，真实性只有三分，虚构性反倒占了七分。历来有不少人比较《三国志》和《三国演义》，梳理出其中"两个孔明"的异同，但却少有人指出这种异同代表什么意义。本文不想重蹈前人旧辙，而拟兵分两路：一路从《三国演义》来探讨"文化的孔明"及其所代表之"原型"的象征意义，这主要是想呈现文化与历史的纠葛，汉民族心灵的曲折及特色。另一路则从《三国志》等史实来剖析"历史的孔明"，特别是他的人格形态与政治理念。

主公与军师的文化型构

《三国演义》里的孔明，主要是在代表汉族文化里的两种人物原型：一是军师，一是高人。"赛诸葛"是足智多谋的军师象征，而"孔明心态"其实也就是一种高人心态。在历史上，军师与高人常是合二为一的，虽然高人不一定是军师，但军师一定是高人。

在中国历代的开国演义小说里，都有军师此一原型性人物，兴周的姜子牙、创汉的张良、开唐的徐茂公、佐明的刘伯温等，可以说都是这种原型人物的周期性再显。当徐庶向刘备推荐孔明时说："若得此人，无异周得吕望（注：即吕尚、姜尚、姜子牙），汉得张良也。"孔明正是这样的一个军师。

在演义小说里，当天下大乱时，一定会有主公与军师的最佳搭档出现，而这个最佳搭档通常有着如下的结构：主公是行王道的，他正心诚意、吊民伐罪，有着儒家的色彩；而军师是行天道的，他神机妙算、足智多谋，有着道家的色彩。我们可以利用结构主义的观点，由具体而抽象，列出如下的二元对比：

刘备/孔明

主公/军师

儒家/道家

王道/天道

常/变

阳/阴

阴阳相济的核心观念

这个二元对比中的"刘备/孔明"可以换成"姬发/姜尚"或"朱元璋/刘伯温",但下面的对比关系都不会改变。

在汉文化理念里,儒家是阳、是正(正位)、是常(常规的能力),而道家则是阴、是副(副位)、是变(变化、超常的能力)。虽然这是一种二元思想,但阳与阴却不是对立,反而是互补的。在抽象的层面,道家思想是儒家思想的补偿;而在实质的层面,军师则是主公的辅佐,刘备和孔明的关系是如鱼得水。这种形式的结合反映了汉文化里的一个核心观念——阴阳相济。深入人心的阴阳相济观,亦重现在"王天下"此一历史伟业中。

《三国演义》里的孔明,正符合这种文化架构里的军师原型,我们甚至可以说,罗贯中是听从汉民族集体潜意识的召唤,根据既有的文化理念去塑造孔明的。而历来众演义小说的作者诸君,也都无视历史事实,硬把姜尚、张良、诸葛亮、刘伯温等编派成同路人。

孔明的呼风唤雨与神机妙算

罗贯中有意把孔明描绘成一个具有道家思想和言行举止的军师：

在第三十七回，刘备和关羽、张飞访孔明不遇，但见草堂中门上书一联云："淡泊以明志，宁静以致远。"第三次往访，"草堂春睡足"的孔明总算出来相见，"玄德见孔明身长八尺，面如冠玉，头戴纶巾，身披鹤氅，飘飘然有神仙之概"。（第三十八回）

第四十九回的借东风故事里，孔明向周瑜说："亮虽不才，曾遇异人，传授奇门遁甲天书，可以呼风唤雨。"于是周瑜派人在南屏山建一七星坛，孔明于"甲子吉辰，沐浴斋戒，身披道衣，跣足散发，来到坛前"。"焚香于炉，注水于盂，仰天暗祝。"

在第九十五回的空城计故事里，司马懿兵临西城，孔明大开城门，由军士扮作百姓洒扫街道，他自己则"披鹤氅，戴纶巾，引二小童携琴一张，于城上敌楼前，凭栏而坐，焚香操琴。""左有一童子，手捧宝剑；右有一童子，手执麈尾"，计退司马懿的十五万大军。

在京剧及其他地方戏里，孔明都是穿八卦道袍的，更是十足的道家仙长扮相。

儒家是常，道家是变，作为主公的刘备只有常规的能力，而身为军师的孔明则必须有超常规的能力，除了足智多谋外，还要神机妙算。在《三国演义》里，孔明的神机妙算也多得不胜枚举，我们甚至可以说，他的功业主要是来自这种神机妙算。第四十六回的借箭、四十九回的借东风、五十五回的锦囊妙计、八十四回的八阵图等均属之。

在借箭故事里，孔明向鲁肃透露："为将而不通天文，不识地利，不知奇门，不晓阴阳，不看阵图，不明兵势，是庸才也。亮于三日前已算定今日有大雾，因此敢任三日之限。"这意思似乎在说，孔明的神机妙算有一部分是来自他渊博的知识。但当刘备赴东吴成亲时，孔明给随行的赵云三个锦囊，要他在三个特定时刻拆开来看，"内有神出鬼没之计"，自能逢凶化吉；以及在入川时，孔明事先在鱼腹浦以石块布下八阵图，后来刘备伐吴兵败，吴将陆逊乘胜追击，大军竟受阻于此一八阵图，而化解了蜀汉的危机；这些神机妙算却都是"超乎知识"的，他的这种能力让刘备赞赏："先生神算，世所罕及。"也让周瑜、司马懿叹息："吾不如孔明"。

孔明最惊人的神机妙算是在刘备三顾茅庐时，他所定下的"天下三分策"，以后历史的发展，几乎完全照他的分析进行，丝毫不爽。这种功力绝非时下的趋势报告所可比拟，它代表的是一个层次完全不同的天机参透。

本质先于存在的军师形貌

《三国演义》里的这些精彩描述，当然都是正史里所没有的。在正史里，刘备虽三顾茅庐，对孔明甚为礼遇，但初始并未重用，在赤壁战后，才"以亮为军师中郎将"，而所谓"军师中郎将"并不等于军师，它的职责是"督零陵、桂阳、长沙三郡，调其赋税，以充军实"。要等到刘备平定益州后，才以孔明为军师将军，这时距离三顾茅庐已经七年。但在《三国演义》里，刘备却在初识孔明后没几个月，就将大军交给他指挥，而有《博望坡军师初用兵》《诸葛亮火烧新野》等情节，以后即连战皆捷。

这固然是在"神化"孔明，但却也反映了汉文化中"本质先于存在"的思维倾向。孔明虽然读过一些兵书，但没有任何带兵打仗的经验，一亲临战场就能用兵如神与所战皆捷，这种能力成了他的一种本质（军师的本质），是不必经由磨炼与考验就具备的，任何外在的考验都只是在彰显他这种本质的存在。从某个角度来看，廿七岁时的孔明固然已与五十四岁时的孔明一样高明与睿智，但从另一个角度来看，却也表示在这么漫长的岁月中，孔明并未有他个人的成长，而他似乎也不必有什么成长。

这种思维倾向很容易造成一个文化对成长价值的低估，结果造成文化的停滞与闭塞。

刘备三顾茅庐与文王渭水访贤臣

当孔明被塑造成一个具有道家思想而又能参透天机的人物时，自然就给人仙风道骨、看破红尘、潇洒自得、从容不迫、游刃有余的观感。这样一个人物，在成为军师之前，必然已是个高人，孔明的"草堂春睡"与姜太公的"渭水垂钓"异曲同工，都是在凸显高人淡泊而又潇洒的人格面。我们看《封神榜》里"文王渭水访贤臣"一节，发现它与《三国演义》里的"刘备三顾茅庐"，在结构上有很多类似之处。当然，这可能是来自作者间的互相抄袭，但也可能是出于一种古老仪式的回响。主公屈尊降贵去求访要辅佐他的军师，而且受到一些刁难，事实上就跟另一件阴阳相济的大事——结婚一样，在传统的结婚礼俗里，新郎是阳、是正，新娘是阴、是副，"一家之长"要得到他的"贤内助"，也是要屈尊降贵地登门迎娶，并在过程中受到一些小小的刁难。这种模式似乎是来自一种幽微的心理需求。

刘备确实曾对孔明三顾茅庐，孔明在《出师表》里自承："先帝不以臣卑鄙，猥自枉屈，三顾臣于草庐之中。"但"三顾"似乎是次数多了一点，在《三国演义》里，刘备二访孔明未遇，第三次前往时，"斋戒三日，熏沐更衣"，到了庄门内，孔明"昼寝未醒"，刘备拱立阶下一两个时辰，孔明方醒，始整衣冠出迎。这种文学描述固然是在夸大刘备的"诚"与孔明的"高"，但也产生了本文开头所说的"孔明心态"的问题。

犹抱琵琶半遮面的高人心态

本节先分析"文化孔明的心态"。我们说"孔明心态"是指"摆出看破红尘的清高姿态，需要对方执礼甚恭，三敦四请，他才勉为其难地出山，以济困解厄"的一种心态，这是文化上的定义，这种心态其实是国人非常熟悉的。还有一种与此类似的，我们可称之为"终南山心态"，那是指唐朝名士喜欢隐居在长安附近的终南山，又不时放出风声，以方便"求才若渴"的有司登门拜访，然后"恭敬不如从命"地入朝为官的一种作风。此一"以退为进，忸怩作态"的行为模式，是汉文化的独特产物，"孔明心态"难免也有这种文化成分，但它却比"终南山心态"要来得复杂而高明，"终南山心态"是假高人心态，而"孔明心态"则是真高人心态。

《三国演义》里的孔明，既是一个足智多谋、能洞悉过去未来的一位高人，那么他必然会知道辅佐刘备创建蜀汉乃是应天承命，是他宿命中的事业，因为一切的一切，都已在他的神机妙算中；而他的草堂春睡，其实只是不欲泄露天机的表面文章。罗贯中虽没有这样描述，但却容易让人产生这种联想。一个能事先就提供锦囊妙计、摆好八阵图的高人，怎么会不知道刘备会对他三顾茅庐呢？

这种联想让人觉得孔明的隆中高卧，乃是一种"装"出来的姿态，虽非忸怩作态，但却是一种掩饰。而政论杂志的以"孔明心态"来臧否政治人物，也就含有善意揶揄与责备贤者的味道。不过话说回来，"历史的孔明"有的可能是另一种完全不同的心态。

法家的信仰者与实践者

"历史的孔明"与"文化的孔明"不只判然有别，简直是南辕北辙。在正史里，刘备既缺乏儒家色彩，孔明也少有道家思想，"历史的孔明"是一个赏罚严正、循名责实的法家信徒，他曾将自己手抄的《申子》《韩非子》《管子》《六韬》四书送给皇子刘禅，其中，除《六韬》是兵书外，其余都是法家的经典之作。

《三国志·蜀书》里说，孔明初治蜀时，"益州承刘璋暗弱之后，士大夫多挟其财势，凌侮小民，亮一切裁之以法"。法正以"用法太严"相谏，孔明说："今吾威之以法，法行则知恩；限之以爵，爵加则知荣；荣恩并济，上下有节，为政之要，于斯而著。"

在第一次北伐时，马谡违背调度，致有街亭之失，孔明挥泪斩了视如己子的马谡，大家以为可惜，孔明流涕道："孙武所以能制胜于天下者，用法明也。是以杨干乱法，魏绛戮其仆。四海分裂，兵交方始，若复废法，何用讨贼耶！"

由这两则记载，我们多少可以知道，"历史的孔明"基本上是一个法家的信仰者与实践者，而他的这种信仰与实践多少又给人一种缺乏弹性的感觉，特别是在蜀中已严重缺少将才，他却挥泪斩了马谡这件事上。孔明似乎是一个法的迷恋者。

更是"法统"的迷恋者

"若复废法，何用讨贼耶！"这句话里的"法"，还有"法统"的意思。在《出师表》里，他对刘禅说："愿陛下托臣以讨贼兴复之效"，他欲讨伐的是取东汉而代之的"魏"，欲兴复的是早已失去民心的"汉"。孔明和姜子牙、张良、刘伯温等军师最大的不同点是，后者是要打倒一个腐败的政权，而孔明却是想维系一个已经名存实亡的法统。

在政权交替时，总是会有法统的问题出现。蜀汉在三国中国势最弱，而刘备刚好是汉王的后裔，蜀汉坚持正统的名分当然有其苦衷，但"天下岂永远是姓刘的？"这种坚持实亦含有迷恋的成分。在《后出师表》里，更有"汉贼不两立，王业不偏安"这样的句子，它虽然可能是伪作，但却相当传神地表达了孔明基本的政治立场。

刘备临死之时，托孤于孔明，说："君才十倍曹丕，必能安国，终定大事。若嗣子可辅，辅之；如其不才，君可自取。"刘禅事实上是个昏君，而孔明一直对他忠心不二，《出师表》里说："受命以来，夙夜忧叹，恐托付不效，以伤先帝之明。"忠义之情，跃然纸上，读来确实令人落泪。但从另一个角度来看，即使曹丕再有才德，仍是他欲讨伐的"贼寇"，即使刘禅再昏庸，仍是他欲侍奉的"明主"，这多少也是对法统的一种迷恋吧？

我们假设一种情况：如果当初三顾茅庐的不是刘备，而是曹操，孔明会不会"由是感激，遂许先帝以驱驰"呢？笔者认为"不会"，因为这不符合孔明的政治立场。

但一个迷恋法的人，并不见得会迷恋法统，这里面还牵涉一个更基本的问题，那就是孔明的人格形态。

孔明人格的核心样貌：谨慎

作为历史真实人物的孔明，与作为文化原型人物的孔明，在性格上有着很大的差距。《三国演义》里的孔明，"羽扇纶巾"，有着从容、潇洒的人格形态；但《三国志》里的孔明，却"夙夜忧叹"，有着谨慎甚至拘谨的基本特质。他在《出师表》里说："先帝知臣谨慎，故临崩寄臣以大事也。"这固然是在反映刘备的知人之明，但也可以说是孔明的自我表白。谨慎不只是他人格的核心样貌，也是他自认的优点。

《三国志》作者陈寿对孔明的评语是："亮才于治戎为长，奇谋为短，理民之干，优于将略。""连年动众，未能成功，盖应变将略，非其所长欤！"这种说法跟《三国演义》里足智多谋、用兵如神的孔明，简直是南辕北辙。历来也有不少人说陈寿是"以成败论英雄"，但笔者认为陈寿的话应是可信的，因为拙于奇谋与应变力正是一个谨慎人格者应有的行为反应模式。我们很难想象一个谨慎的人会屡出奇兵与险计的。

在第一次北伐时，魏延建议率精兵五千出子午谷，奇袭长安，"则咸阳以西，一举可定也"。孔明却认为此非万全之计，太过冒险，而未予采纳，这正是他应有的作风。至于挥泪斩马谡所表现出来的拘泥于法，也有几分是他的拘谨性格所使然。

孔明身为丞相，却事必躬亲，连会计账册都自己查核（躬校簿书），当时杨颙就曾进谏："为治有体，上下不可相侵。……一旦尽欲以身亲其役，不复付任，劳其体力，为此碎务，形瘦神困，终无一成。……今明公为治，乃躬校簿书，流汗终日，不亦劳乎！"孔明虽感谢他的忠言规劝，但还是无法完全改变他的这种习性。笔者认为，孔明之所以要事必躬亲，"鞠躬尽瘁，死而后已"，并非想"大权独揽"，而同样是出于谨慎这个根深蒂固的性格问题。

一个拘谨、戒慎的英雄

如果我们能承认，谨慎乃至拘谨，是孔明人格的核心样貌，那么就较能理解他的政治立场，迷恋法统可以说是此一拘谨性格的投射。

他的这种性格，也有助于我们了解"历史的孔明"何以会让刘备三顾茅庐？《出师表》说："臣本布衣，躬耕南阳，苟全性命于乱世，不求闻达于诸侯。"孔明在南阳时与徐庶等人交往，常自比管仲、乐毅，有人因此说既然自比管、乐，又为什么说"不求闻达"呢？这显然是在"说谎"或者"面冷心热"。但若从他基本的人格面来考虑，一个拘谨、戒慎的人，通常也不是豪迈、主动的人，自比管仲、乐毅是他心中炽热的理想，可惜心热脚软，孔明无法像豪放不羁的李白一样上万言书，大咧咧地说"生平愿识韩荆州"般，向他的"刘荆州"毛遂自荐。

用现在术语来说，就是孔明不会"自我推销"，难以主动站出来，积极开拓自己的人生，而只能被动地等待刘备的慧眼来认识他这个拘谨的英雄。

这也是笔者认为，在三顾茅庐这件历史公案里，孔明所具有的真正心态。

汉与贼，时势与英雄

陈寿在《三国志》里说："诸葛亮之为相国也，抚百姓，示仪轨，约官职，从权制，开诚心，布公道……循名责实，虚伪不齿，终于邦域之内，咸畏而爱之，刑政虽峻而无怨者。以其用心平而劝戒明也。"

这样的褒语来自"敌国"之臣的史笔，殊属难能可贵。孔明的确是中国历史上难得的贤明宰相，也留给后人无限的景仰与怀念，民间百姓通过《三国演义》去认识"文化的孔明"，这个孔明有着接近"神"的思想与性格，乃是三国时代的第一号英雄人物。他的无法"匡复汉室，还于旧都"，完全是碍于"天意"。在六出祁山后，司马懿受困于上方谷，孔明夜观天象，悲愤地发现自己的"将星欲坠，阳寿将终"，而以祈禳之法，"谨书尺素，上告穹苍；伏望天慈，俯垂鉴听"，增加他一纪之寿，则他必能"克复旧物，永延汉祀""非敢妄祈，实由情切"，但最后魏延踢倒了续命灯，孔明不得不"弃剑而叹"，吐血而死。

读者读到此处，不掩卷太息者几希！虽然大家明知这个"文化的孔明"乖离历史，是虚幻的，但大家还是喜欢这样的一个孔明和他的英雄悲剧。这种英雄悲剧固然彰显了孔明"鞠躬尽瘁，死而后已"的高风亮节，但其实也反映了一个文化执拗地放纵它的奇想时，尴尬收场的困境：像孔明这样一个不世出的能人异士，怎么无法匡复汉室呢？答案只有一个：荒谬的"天意"。但这也是一个荒谬的答案。这个荒谬的答案，在不知不觉间影响了后人对政治和政治人物的看法。

"历史的孔明"确实是个难得的贤相，但要走出文化的迷雾，我们必须硬起心肠以较现代的眼光来透视他的思想与人格。从以上对他思想与人格的分析，笔者认为，孔明虽是三国时代的英雄人物，但基本上，是一个时势造出来的英雄，而非像曹操般属创造时势的英雄。这个英雄，用现代术语来说，是个体制内改革者、实际上的保守主义者，而他的坚持法统、与汉贼不两立的立场，正是他这种思想与人格的总结。外在的环境与内在的心性，决定了他的格局和命运。

蛇之魅惑与心之彷徨：

《白蛇传》的多重含义

　　女蛇精的故事在中国历经千余年的演变，从"文竞人择，适者生存"的文学进化论来看，最符合汉民族心灵生态的《义妖传》成了最受欢迎的文本。

　　许仙跟多数中国传统戏曲里的男主角一样，是个优柔寡断、难以独当一面的男子，它反映的是中国特殊的柔弱的男性假面。

　　被美化的白素贞几乎成了多数中国男人心目中的理想女性，因为她同时满足了男人的生物性内我、社会性内我与原型性内我这三个方面的需求。

　　白素贞水淹金山寺，然后被法海永镇雷峰塔，在象征解码后，成了女人用她的女性力量进行抗争，但却被男人以男性力量加以镇服的性别对抗故事。

仿佛走过千年的心理长夜

多年前的一个夏夜，笔者到台北华西街这条充满兽之喧哗的街道，看人杀蛇。一条吐信巨蟒盘绕在槎枒的枯树上，虽然它只是陈列在某毒蛇研究所市招下的标本，但在华异俗色的灯光下，仍令人惧慎侧目。一个赤裸上身而显现青龙文身的壮硕男子，从铁笼里勾出一条不知名的毒蛇，绳系于屋檐下。那灰黑的斑纹与死白的腹鳞在空中旋滚，围观者的脸上竟都不期而然地露出古老的惊肃之情。

我心里突然浮现出儿时在戏里见过的许仙的形貌。

壮硕男子已摆出将欲杀蛇的态势。我放纵奇想，期待一个斯文男子能够像穿越时光隧道般，现身于此一欲望街市，让这条蛇幸免于难，将它放回都市尽处的榛莽中……

叼着烟、插着腰在华西街围观杀蛇的人，只要经过一个晚上，就可以西装革履地走进歌剧院聆赏《白蛇新传》，但在感觉上，却仿佛走过了千年的心理长夜。它的转折，一如白素贞经过千余年修炼始化为人形。白蛇故事历经数朝演变而终成今日模样，分别代表了心灵、形体与艺术的进化。

《白蛇传》是个脍炙人口的民间故事，过去议论者众，本文尝试另辟蹊径，引进常人较陌生的社会生物学、进化论、分析心理学及人类学，从心灵进化的观点，以分析文学作品的方式，来呈现人类特别是汉民族的深层心理样貌。如果说在歌剧院轻歌曼舞中所演的人蛇之恋是臻于完美的艺术结晶，那么在华西街俗色灯光下诸蛇的魅惑则恰似此一心灵与文学进化过程中所残留的蛋壳与蜕皮。它们的杂然并存，给我们提供了探索汉民族乃至全人类心灵进化的丰富素材。

集体潜意识里的蛇族

蛇是一种令人畏惧、嫌恶的爬虫类动物，这种嫌惧感似乎埋藏于人类脑海深处的记忆乱丛中，就像世界各地的酒瘾患者，因脑部受激即会一再出现蛇或似蛇的不安幻影，它超越时空，执拗地盘绕在人类心灵的某个阴暗角落。

社会生物学家发现，人类的近亲猿猴对蛇也有同样的嫌惧反应。野生的猿猴看到蛇时，会产生瞪视、退缩、脸孔扭曲、竖耳、露齿、低鸣等典型的惧怖与防卫反应；而在实验室里由人类抚养长大的猿猴，生平第一次看到蛇时，也会有同样的反应，但对其他非蜿蜒而行的小爬虫类，则无此反应。这表示，灵长类动物（包括猿猴及人类）对蛇的惧怕与防卫反应，用生物学术语来说，是一种本能；用哲学术语来说，是先验的；用分析心理学术语来说，则是集体潜意识某种内涵的浮现，也就是分析心理学之父荣格（C. G. Jung）后来所说的"客观心灵"（objective psyche），它是客观存在的。

在世界各民族的神话中，有很多都和蛇有关，这些蛇所代表的象征意义，恐非正统精神分析学家主张的是来自个人潜意识的性象征。社会生物学之父威尔森（E. O. Wilson）指出，人类心灵的创造象征与孪生幻想，经常是来自遗传基因所誊录在大脑皮质纹路里的密码，其中有一个密码也许记载了人类祖先和蛇的特殊因缘；在蛮荒、穴居的久远年代里，蛇一直是造成人类受伤与死亡的恐怖敌人，是一个挥之不去的魔影。而与蛇相关的神话故事，是初民调整他们与此一恐怖敌人关系的一种尝试。就这点而言，涉及种族记忆的分析心理学是比弗洛伊德的精神分析略胜一筹的。

在太古时代，中国一些先民都曾经以蛇为图腾，传说中的女娲、伏羲等先祖都是人首蛇身，这跟中国台湾南部排湾族以蛇为其祖先的神话，似乎来自同样的心理机转："畏惧某物的心理导致了宗教式崇拜的思想。"在先民的野性思考里，要摆脱蛇的威胁，最好的方法是敬畏它、奉祀它，甚至认同于它，将它视为祖先、奉为图腾，让威胁者摇身一变而成为保护者。虽然真正的威胁依然存在，但心中的惧怖感却可以因此而稍获舒解。

中国文化更将蛇进一步转化成龙，这种由"最嫌惧的爬虫"变成"最尊贵的灵兽"的形貌改变历程，其细节虽然难以查考，但却反映了汉民族独特的心灵进化旅程。

白蛇故事的形变与质变

在源远流长的女蛇精故事里，我们也看到了类似的转变与蜕化。笔者据赵景深《白蛇传考证》一文，认为可以将中国的女蛇精故事依先后顺序分为下列三期：

1. 原貌期：以《太平广记》里的《李黄》及《清平山堂话本》里的《西湖三塔记》为代表。它们说的是女蛇精魅人、害人、杀人的恐怖故事，是人类对蛇嫌惧反应的赤裸呈现。《李黄》里的蛇精化为"白衣姝"迷惑李黄，李黄归家后，"被底身渐消尽……（妻）揭被而视，空注水而已，唯有头存"。《西湖三塔记》里的白蛇亦化为白衣娘子，一再以美色迷人，新人换旧人，旧人被"一个银盆，一把尖刀，霎时间把刀破开肚皮，取出心肝"。这类故事都很直白地呈现女蛇精的残忍与人类的惧怕。

2. 蜕变期：以明朝《警世通言》里的《白娘子永镇雷峰塔》为代表，它亦是日后白蛇诸传的最初形式。白娘子虽已不像前述那样恐怖，但仍叫人捏一把汗，她多次现出原形，而且恐吓许仙："若听我言语，喜喜欢欢，万事皆休。若生外心，教你满城化为血水。"而许仙对白蛇亦很快地由初始的爱情转为嫌惧，幸赖法海赐钵收妖，将她永镇于雷峰塔下。但这个故事与前相较，仍有如下的重大转变：女蛇精对人的实质威胁已经缓和，转为口头的心理威胁，不过仍残留过去故事的蛋壳与蜕皮。而人类对女蛇精的态度，不管是许仙或法海，依然都是拒斥的。

3. 情化期：以《看山阁乐府雷峰塔》《白蛇精记雷峰塔》《义妖传》等为代表。在这些故事里，白蛇越来越成为具有人性、令人同情怜爱的世间女子。在《看山阁乐府雷峰塔》里，因见许仙而春心荡漾，化为寡妇来引诱他的蛇精，已美化成了报恩而来完成凤缘的大家闺秀，并且增加了"盗草"与"水斗"等彰显白素贞情义的情节。到了《白蛇精记雷峰塔》，更是峰回路转，许仙回心转意，白素贞生子，法海慈悲为怀，许梦蛟（白子）中了状元回乡祭塔，母子团圆，白素贞和许仙飞升成仙。而《义妖传》则把白素贞写得更好，"一切罪过都为她脱卸了"，她对许仙更是"爱惜看护备至"，世间女子简直无人及得上她。

赵景深说："一个可怕的妖怪吃人的故事，剜心肝，全身化为血水，满城化为血水，竟能逐渐转变成一篇美丽的'报恩的兽'系的神仙故事，真是谁也料不到的。"有人认为，白蛇故事因为民间的同情弱者，渴望美满结局，经文人一再地狗尾续貂，而使它落入了"非状元不团圆"的戏场窠臼，缺乏希腊悲剧的张力与美感。笔者倒是觉得，在文学上恐怖的女蛇精转变成惹人怜爱的白素贞之人性化过程，与宗教上将令人嫌惧的蛇图腾变成龙图腾的神圣化过程，是相互呼应的，它们都来自同样的民族灵思。

但这种转变不是"美化"这两个字就可以含糊概括的，想要对它有更深刻的理解，我们需要从不同的角度去观照。

从生物进化论到文学进化论

地球上的生物不断在进化，生物进化论的八字箴言是"物竞天择，适者生存"。其中的"天"指的是自然，"适者"指的是最能适应环境的物种。其实，不只生物会进化，人类制造的各种文明产品也是不断在改变、演进的，它们大致依循着"物竞人择，适者生存"这样的法则，其中的"人"指的是人们（消费者），而"适者"指的是最能满足消费者需求的产品。譬如百货公司里的常见的玩具熊布偶，单就造型来看，商人制造过各种不同造型的熊布偶在市场上竞争，供消费者选择，但一两百年下来，我们可以发现，熊布偶的头越来越大，或者说头跟身体的比例越来越接近，在消费者的汰择下，已成为胜出的主流造型。

如果问消费者"为什么"喜欢这种造型的熊布偶，多数消费者也许会直觉地说"因为它看起来可爱"。但进化论者必须进一步回答"为什么"它会让人觉得可爱？答案是因为那样的造型（头大身体小）让人在下意识里联想到"婴儿"，忍不住想拿过来抱抱（日本卡通里广受欢迎的猫型机器人哆啦A梦就是这样的造型）。换句话说，它满足了多数消费者的心理需求，所以成了受欢迎的主流产品。

上述女蛇精故事的演变，也可以说是一种文学进化。文学进化论的八字真言同样是"文竞人择，适者生存"。其中的"文"指的是不同的文本，"人"指的是读者，"适者"指的是最能满足读者心灵需求或呼应读者心灵生态的文本。当我们从这个角度来看中国女蛇精故事的演变，会发现时至今日，美化白素贞的《义妖传》等版本已成了主流的文本，不只是因为它们最晚出现，其中更有读者心灵生态这个重要因素。

特殊时空下的心灵生态

因为白蛇故事的读者绝大多数都是汉人，所以我们必须考虑汉人作为一个群体的心灵生态。心灵生态又可细分为普遍性与特殊性两大类：就普遍性心灵生态来说，前面已提过，长期以来，汉人心灵都具有美化、包容的倾向，所以令人嫌惧的女蛇精会被包容、美化成让人怜爱的白素贞，就像魏晋干宝《搜神记》里恐怖的狐狸精，到了清朝蒲松龄的《聊斋志异》成了迷人的狐仙一样，似乎是"理所当然"，没有什么好奇怪的。

但就特殊性心灵生态来说，那些美化白素贞的版本大都出现在清朝的乾隆、嘉庆年间，如果拿这个时期的汉人来跟明朝中后期（也就是《警世通言》流行的时期）的汉人做比较，他们的集体心灵生态有什么不同呢？我想最大的差异就是对满族这个族类的看法：在明朝后期甚至到清朝初年，满族原是令人嫌恶、惧怕的"异族"，但到了清朝的乾隆、嘉庆年间，多数汉人不仅包容了满族，而且还认同、赞美他们所建立的政权。而就在这个时候，在明朝时还受到嫌恶的"异类"白素贞，却摇身一变成为惹人怜爱的好女子，它跟多数汉人对满族这个"异族"看法的转变，在心灵上有一种"相互呼应"的关系。新版本让很多读者和戏曲观众看了觉得"改得好"，因为他们集体潜意识里的某个隐秘心思"被触动"了，所以就一跃而成为白蛇故事的主流文本。

其实白蛇故事的演变，在《义妖传》等之后还一直有新的版本出现，譬如上个世纪末李碧华所改写的《青蛇》（还被拍成电影），小说改用小青的角度来看整个故事（也就是小青成了主角，白素贞、许仙、法海等则成为配角），而且还加入了同性恋的戏码（法海对许仙有同性恋的情感）。我们可以说，李碧华做这种改写是在反映"时代精神"：一是解构主义的兴起，也就是"中心与周边的对调"，所以原本是周边角色的小青变成了主角；一是对同性恋的重新认识与定位（李安的电影《断背山》也有这种意味）。因为我们活在这个世代，所以较能理解新版本与"时代精神"的关系。但这样的新版本能否取代旧版本，成为更受欢迎的主流文本呢？从文学进化论的观点来看，那就要问它是否能满足多数读者的心理需求？如果不能，那么它也很快就会被排挤到周边，而终至被淘汰掉。

许仙——柔弱的男性假面

接下来，我们换个角度，改以荣格的分析心理学来剖析许仙、白素贞和法海这三个主角间的关系，及其关系的演变（以下分析根据的是《白蛇精记雷峰塔》，若提及其他版本，则再加以注明）。

故事开端，药店学徒许仙，于清明佳节在西湖遇上了白素贞主仆，终至同船借伞，而展开了日后的一段姻缘。此一遇合是以佛家的"夙缘"与"报恩"架构来呈现的，但从分析心理学的角度来看，我们可以说这是一个世俗男子的"假面"（persona）与其潜意识中"内我"（anima）的遭逢。它发生在许仙成年后初次去祭扫父母坟墓的返家途中，因父母早逝而由姐姐抚养长大的他，在父母坟前跪下哭拜，尘封在心灵深处的童年往事——翻涌而出，潜意识的内涵亦受到激荡，而终于在西湖这个象征母亲子宫的湖畔，遇到了他潜意识中的"内我"，也就是白素贞。

荣格认为，人类的心灵含有雌雄两性，"假面"是我们在现实生活里的性别角色与社会性人格，而"内我"则是潜意识里的异性心象。男人的"内我"指的就是他内在的女性化灵魂，此一异性心象在现实生活里隐而不显，但却经常浮现于夜梦中，或外射于文学作品中。

我们先来看许仙的社会性人格，也就是他的"假面"：在故事里，许仙虽然长得一表人才，却是个懦弱无能、依赖他人、优柔寡断、消极畏事的男子。综观他的一生，都是在别人的照顾、安排及保护下生活的：他先后因白素贞盗银、盗宝而被判刑，分别发配苏州及镇江充役，两次皆因亲朋长辈的修书、请托及贿赂而不必受苦。即使后来经法海搭救，在白素贞水淹金山寺后，法海劝他回乡时也为他作了安排："我有个师弟，在杭州灵隐寺做个主持，我今修书一封，付你带去，你可在他寺中栖身，享清闲之福，免受红尘灾厄。"

优柔寡断，难以当家

许仙和白素贞的分合则是他优柔寡断人格的另一生动写照：他爱恋白素贞，但当她破坏了他受保护的生活，心中就浮现"妖怪"的念头；每次重逢，总是"又惊又怒"，而对她破口大骂："无端妖怪，何故苦苦相缠？"但一经白氏"泪流满面"的辩白，他的信念就开始动摇，于是"妖怪"又变成了"爱妻"："贤妻，愚夫一时愚昧，误听秃驴之言，错疑贤妻，望贤妻恕罪。"

许仙也是一个难以当家的男子：当他和白素贞在苏州经吴员外安排而成亲后，可说是朝朝寒食，夜夜元宵，不知天上人间，亏得吴员外"代他打算"，给他银子开家保安堂药店，让他自己"寻些生理"。但店开了一月光景，却全无生意，他只能心焦地问白氏："便如何是好？"于是遂有白氏命小青在池井布毒，然后以救瘟丹治病的情节。等到出了名，招致群医嫉妒，推他为祭祖师头头要他出丑时，面对此一挑衅，许仙也只能退回房中对白素贞"长吁短叹"，于是遂又有盗梁王府古玩到庙里陈列的情节。即至法海奉佛旨收妖后，他又不负责任地丢下白氏与他所生的婴儿，"全仗姐姐姐夫抚养"，因为他"看破世情"，要"削发为僧"去也！

诸般情节，都在显示许仙跟多数中国传统戏曲里的男主角一样，是个无能而柔弱的男性"假面"，如果没有一个坚强的女人扶持，就很难生存。这样的造型满足了多数女性观众和读者的心理需求，因为以前观赏这些戏曲的多是富贵人家的女眷。

白素贞——许仙的生物性与社会性内我

白素贞是修炼一千八百余年的母蛇精，她从阴暗的清风洞深处穿越时空，来到亮丽的人间天堂苏杭一带，就如同从心灵深处的潜意识底部浮升到意识层面，她的变形与魔法有着如梦般的性质，将白素贞视为来自潜意识的一个象征人物，应该是合理的。

一个男人潜意识中的异性心象"内我"，还可以再分为生物性、社会性与原型性三个部分。白素贞作为许仙的内我，也同时具有这三种角色功能，兹分述如下：

先谈"生物性内我"。许仙在西湖畔一见白素贞的美艳姿容，不觉"魂魄飞荡""似向火狮子一般，软作一团"。后来虽三番两次因白氏而受苦受难，最后总是难舍对白氏的迷恋而愈加恩爱。男人潜意识中的"生物性内我"是一个能勾起他最深邃的情欲本能、身不由己地想要与之结合的女性形象。白素贞之于许仙，就是这样的一个女性。

在此一情欲的诱引下，许仙先后脱离了他的保护者，与白素贞过独立自主的生活，虽然最后都又被拆散，但在这些断断续续的共同生活中，白素贞一直成功地扮演了许仙"社会性内我"的角色，对他柔弱的社会假面提供了相当的补偿。相对于许仙的懦弱无能、依赖犹豫与消极畏事，白素贞可以说是个法力高强、慎谋能断、积极进取、不向命运低头的女强人。她主动向许仙求婚配，并代为提供婚礼之资（盗自钱塘库银）；费尽心思开拓保安堂药铺的生意；结交权贵，安排丈夫替知府夫人治病，培养名声；在茅山道士提供给许仙的灵符失验后，她带着丈夫去讨回银两，坏他道场；即使后来法海出面收妖，她明知自己是螳臂挡车，仍不向命运低头，水淹金山寺，意欲挽回丈夫。

从传统的观点来看，白素贞的行径是相当男性化的，许仙的表现反而是女性化的。一个柔弱的男人，他潜意识里的"社会性内我"往往就是一个能够弥补其社会性功能之不足，进而保护他的坚强女性。

神秘而又恐怖的原型性内我

至于白素贞所代表的"原型性内我",也就是她最原始而深邃的面貌,在"端午醉酒"一节里有极生动的描述:白素贞不忍拂拒丈夫好意,饮了雄黄酒后,不支倒在床上,现出原形;许仙观看龙舟回来,"掀开罗帐,不看白氏犹可,看时只见床上一条巨蟒,头如斗,眼如铃,口张血盆,舌吐腥气,惊得神魂飘荡,大叫一声,跌倒在地上"。这一幕可以说是许仙与其"原型性内我"的乍然相逢,用脑神经学家麦克林(P. D. Maclean)的话来说,好像一个人的"哺乳类脑"突然被掀起,而露出里层"爬虫类脑"中的恐怖内涵(注:麦克林认为脑的进化是一层层覆盖上去的,最里层是"爬虫类脑",然后是"古哺乳类脑"及"新哺乳类脑")。

荣格认为,男人的"原型性内我"乃是来自种族记忆,她是大地之母、无生老母、残酷女神、复仇女神等原始女性意象的综合体,她掌握生命的奥秘,拥有诡异的魔力与阴森的本质,温柔而残酷,可爱而恐怖,既是男人获得抚慰的慈母与爱妻,亦是让他受到折磨的夺命魔女。从这个角度来看，在后来版本里的白素贞不仅被美化，而且几乎成了多数中国男人心目中的"理想女性"，因为她同时满足了男人的生物性内我、社会性内我与原型性内我这三个方面的需求。

法海——无情的道德假面

如果许仙代表的是男性世俗的、柔弱的"假面"，那么法海则代表了男性超凡的、坚强的"假面"。法海虽然寄居红尘，但知晓过去、未来，法力无边，是神界在人间执行律法的差使。法海是正，白素贞是邪；法海是佛，白素贞是妖；法海是阳，白素贞是阴；除了这三种对比外，我们似乎还可以加上来自分析心理学的另一个对比：法海是道德的"假面"，而白素贞则是邪恶的"暗影"（shadow）。

依法海道德"假面"的标准来检验"暗影"白素贞的行径，则她不仅是孽畜般的蛇妖，而且还是一个骗、偷、诈、赖无所不作的恶人。白素贞骗许仙说"先父白英，官拜总制；先母王氏，诰命夫人"。偷钱塘府的库银、盗梁王府的古玩珍宝；在端午现出原形后，以白绫变蛇斩成数段的诈术，让许仙回心转意；每次事发官兵来缉捕，她就耍赖逃走；更可恶的是为了保安堂的生意，而在河井中布毒；为了讨回丈夫，而水淹金山寺，残害无数生灵。虽然这一切都是出于对许仙的情爱，但仍是非法的、邪恶的。

所谓"暗影"指的是一个人潜意识里的阴暗面，不被社会所容许的向往。荣格说："暗影乃是人类仍拖在后面的那个无形的爬虫尾巴"，这个"爬虫尾巴"透过母蛇精白素贞（也包括小蛇精小青）而具象化了，编故事的人既然创造了这样一个"妖怪"，就把心中的一些邪恶向往外射到她身上，而看书的读者或看戏的观众再加以涵摄，以获得替代性的满足，原也无可厚非。在接近尾声时，再安排法海这个道德假面出来收拾残局，亦属理所当然。但法海这个假面本身却充满了道德上的疑点，我们从下面两事即可见其端倪：

白素贞在法海"留我情郎，收我宝贝"后，图施报复，骗来四海龙王，兴云布雨，"银涛涌浪，淹上金山寺"。她本欲"溺死这满寺的秃驴，以消此恨"，想不到法海早料知她有此一着，而付与众僧灵符，"看见水到，念动真言，将袈裟抖开，众僧将灵符向水丢下，只见水势倒退，银浪滚下山去，可怜镇江城内不分富贵贫贱，家家受难，户户遭殃，溺死许多人"。白氏不知会导致如此悲惨结局，看了大惊，觉得自己"犯了个弥天大罪"，逃回清风洞中去。而"慈悲为怀"的法海，不和他的僧徒"自入地狱"，反而对洪水倒灌入镇江城、溺死无数生灵的惨事，只以一句"总是天数使然"轻描淡写地带过。

即使后来许仙下山，在断桥与白素贞相会叙情，回到钱塘老家，生了儿子，安居乐业，与世无争，法海仍跋涉而至，让不知情的许仙持钵将白素贞罩住，镇于雷峰塔下。事实上，法海只是无情而僵硬地执行天上神明所交付的意旨而已，在执行此一惩恶伏妖的任务中，法海的"水退金山"与"拆散美满家庭"，其实比白素贞这个暗影所犯的罪孽更为深重。

包容与情化的心灵黑洞

在《白娘子永镇雷峰塔》与《看山阁乐府雷峰塔》的故事里，许仙嫌惧白素贞此一原型性内我，法海则拒斥女蛇精这个邪恶暗影。一个世俗男子的柔弱假面和一个出家人坚强的道德假面联手，毫不留情地将白素贞推入万劫不复的悲惨境地："西湖水干，江潮不起，雷峰塔倒，白蛇复出。"

但广大的民间百姓似乎对这种安排感到不满，于是而有《雷峰塔传奇》《白蛇精记雷峰塔》《义妖传》等的问世。在读者及观众品味的汰择下，就如同前述的玩具熊进化论，后来的版本赢得了更多的人心。这些版本所透露的讯息是：许仙的柔弱假面在后来接纳了他的原型性内我，而法海的道德假面也给予白素贞的邪恶暗影一条生路。

在所谓续貂的狗尾里，水淹金山后，许仙和白素贞在断桥相会，白氏自剖："纵然妾果是妖，并未害你身体分毫，官人请自三思。"即至法海来访，许仙亦自承："老师，纵使她果是妖怪，并未毒害弟子，想她十分贤德，弟子是以不忍弃她，望老师见谅。"等到钵盂罩住白素贞时，许仙更是抱住她不放，"肝肠断裂，不住悲哭"。连许仙的姐姐也跟着凄然说："妾身夫妻肉眼，不识仙容。"

当然，前面已说过对白素贞（异类）的美化，有呼应当时汉族对满族认同与歌颂之心灵生态的特殊含意，但更普遍的包容、接纳与大团圆的心理需求，则不仅让许仙完全接纳了他的三个内我，法海的道德假面也变得更富有弹性，在水退金山后，他明知许仙和白素贞依旧相认，亦只是不胜嗟叹，并未"除恶务尽"；直至西方尊者来催他起程，他才不得不去执行上天的意旨；在收了白蛇精后，他还对哭泣的许仙发牢骚："老僧不过奉佛旨而行"，而且还对白素贞留下一段话："从今若能养性修心，等待你子成名之日，得了诰封，回来祭塔，那时吾自来度你升天。"

二十年后，许仙、白素贞与法海在雷峰塔下重见，但多了一个状元许梦蛟，这是一个极具象征意义的场面。许梦蛟是许仙这个假面与白素贞这个内我的结晶，而状元则是中国人心目中理想的人物。用心理分析学的术语来说，这个结局的心理含意是：假面必须接纳它的内我，同时包容它的暗影，始能成就理想的人格。

这也许亦是中国人集体潜意识里的"融合大梦"吧？在无尽的包容与情化中，就像马如飞在《开篇白蛇传》所说："三教团圆恨始消"，但融合儒释道三教，融合假面、内我、暗影，甚至融合一切的，并非知识分子，而是中国民间像海洋一样浩瀚与深邃的心灵黑洞。

父系与母系对抗的历史残迹

白素贞的"水淹金山寺"与法海将她"永镇雷峰塔"，还有另外一层的象征意义。为什么不说"火烧金山寺"与"永沉西湖底"呢？因为在中国的符码系统里，"水"是女性本质的象征（贾宝玉说"女人是水做的"），而高高竖立的"塔"，则是精神分析所说的男性象征。白素贞"水淹金山寺"，然后被法海"永镇雷峰塔"的象征含意是：这是一个女人用她女性的本质或力量从事抗争，却被一个男人以男性的力量加以镇服的性别对抗故事。白素贞的背后有观世音协助，而法海的背后则有佛祖与北极真武大帝撑腰，因此它也可以说是一场女性与男性的对抗，或者说是母系原则与父系原则亘古冲突的历史残迹。

人类学家告诉我们，人类原是先有母系社会，然后才被父系社会所取代。母系社会看重的是"人间情爱"，而父系社会着重的则是"社会秩序"。白素贞为了救回心爱的丈夫，也就是为了"人间情爱"而去"水淹金山寺"；法海则是为了维护人妖不共处的"社会秩序"而将白素贞"永镇雷峰塔"。经过这样的象征解码，原本是一个妖怪的故事就成了性别对抗的故事。但对抗的结局则是在故事一开头，真武大帝要白素贞立誓时就安排好的，也就是天上与人间男尊女卑社会架构的体现。母系原则的护法观世音曾两次差她的使者搭救白素贞，一次是她为了救夫命而盗取仙草时，一次是法海祭起禅杖，欲夺她和怀中胎儿性命时。这似乎表示，观世音只有在父系原则伤及"人间情爱"时，才会消极地伸出援手，但已无权或没有能力过问父系原则对"社会秩序"的安排。

白素贞不向命运低头，水淹金山寺，代表母系原则对父系原则的反扑，但很快就又被父系原则所镇服。后来的作者、读者和观众，虽给予白素贞最大的同情余地，但似乎又默认了"母系反扑、父系胜利"这样的结构，也许它也是在反映过去人们非常熟悉的一种心灵生态吧！

期待不断有人能开创新局

一个原本简单的故事，在千年传诵中，基于特殊时空背景下的心理需求，而不断被添枝加叶，使得故事的内容越来越丰富，所具有的寓意也越来越繁复，绝不是一个简单的观点、一种特殊的理论就能全面涵盖、尽揽其妙，《白蛇传》就是这样的一个故事。

笔者尝试从几个完全不同的角度切入，来呈现白蛇故事所可能具有的多重含义，当然，它必然还存在着更多、更有趣的可能含义。笔者撰写本文只是抛砖引玉，希望有更多人提出不一样的观点，更期待有创意的作者能另辟蹊径，为白蛇故事开创新局，让我们与后世读者产生新的感动！

唐诗别裁：

《枫桥夜泊》与《慈乌夜啼》两首

　　欧阳修在《六一诗话》里说，"夜半钟声"虽是"好句"，但却"理有不通"。其实，唐朝的寺庙多在半夜敲钟。

　　乌鸦晚上是不会叫的，但寒山寺西边有座乌啼山，"月落乌啼"是"月亮落到乌啼山后"吗？如果不是，为何会有乌啼山？

　　唐朝时，水乡苏州并没有枫树，枫乃封字之误，"江枫渔火"说的其实是"江村桥和封桥间的渔火"，但此说另有一个很大的漏洞……

　　被白居易认为会反哺的"慈乌"，很可能是来自一个可怕的误解：小乌在喂大乌，并非反哺，而是生物演化过程中出现的一种残酷伎俩。

寒山寺前的一场邂逅

1990 年，我们夫妇参加由康来新教授率团的"红楼梦之旅"，由北京一路南下，在抵达苏州后，苏州的两个导游一个世故老辣，像祝枝山；一个白净儒雅，像文徵明。斜风细雨中，"文徵明"（苏州大学的学者）带我们一行来到了寒山寺。细雨沾衣欲湿，但他却不急于入寺，反而站在寺前的小河边，透过扩音器，吟起张继的《枫桥夜泊》来：

> 月落乌啼霜满天，江枫渔火对愁眠。
>
> 姑苏城外寒山寺，夜半钟声到客船。

据说入京赴试，失意而归（一说是在中了进士后，为避安史之乱）的张继，曾在千年前夜泊苏州，而写出了这首千古名诗。今之"文徵明"口沫横飞地说，所谓"江枫渔火"并非江边的枫树和渔火，而是江村桥和封桥之间的渔火。他指点寺侧一座斑驳的拱桥，说："这就是江村桥，封桥则在那边。苏州在唐代并没有枫树，枫桥乃封桥之误。不到苏州，就不知道这个错误。"

细雨恍若千丝万缕，意欲将我们一行的身影编织进载负着厚重历史的河面，我的眼光随波逐流，感到些微怅惘。不是一首千年名诗里原来隐含了一个美丽的错误，而是眼前这河，这条看起来只比水沟稍大的河，怎么一点也不像怀想中张继夜泊过的那河？

　　雨越下越大，几乎是为了避雨，我们仓皇奔进了寒山寺。

二十八个字里的诸多疑点

　　"文徵明"的一番话引起我的好奇，也开始用理性思维来打量《枫桥夜泊》这首诗。以前读唐诗宋词，都是用感性直观的，陶醉于诗人措词遣字之精妙与所营造意境之高雅，也就是纯美学的欣赏，很少去思考、探索、考证诗人所言之真伪。因为当时认为即使诗人所言不符合事实，譬如李白的"白发三千丈"，那显然是一种"夸饰法"，如果斤斤计较，就太不"识趣"了；其他用来作"象征"或"别有寓寄"的诗句也多得不胜枚举。所谓"分析无意谋杀，多事的理智会破坏事物的美妙"，在读诗赏词时，我们似乎不必作太多的思考。

　　但我看时下的一些"诗词赏析"，有不少"赏析"却多属个人主观的推想、臆测，甚至天马行空，越描越糊；那我何不"就事论事"，就从《枫桥夜泊》的二十八个字看起，对有疑问的地方先做些查证和联想，看看能有什么发现或感触，进而影响我对这首诗的欣赏？当我改用理性、好奇、怀疑的眼光来看《枫桥夜泊》时，最少看到了三个让我感到"不解"的地方：第一个是"乌啼"，传统的解释是"乌鸦啼叫"，但有谁听过乌鸦在深夜发出叫声的？第二个是"霜满天"，以前住乡下时，在寒冷的冬天清早，常可见路旁草叶、墙角、篱笆边结了一层薄薄的霜，但那是"霜满地"，霜会像雪花一样满天飞舞吗？第三个是"夜半钟声"，所谓"暮鼓晨钟"，寺庙通常在清晨敲钟，有些寺庙虽然也会在农历过年，一元复始的子时敲钟，但那是特例，并非张继夜泊的时刻，那有谁听过寺庙在半夜敲钟的呢？

这三个疑问似乎不是诗人为了讲求押韵、平仄、对仗或营造意境就能"含糊"过去的，它们因此让我产生探究的兴趣。

唐朝的寺庙多在半夜敲钟

先说"夜半钟声"。其实，在《枫桥夜泊》有名之后，就有人对此表示怀疑。北宋的欧阳修在《六一诗话》里就说："诗人贪求好句而理有不通，亦语病也……唐人有云：'姑苏台下寒山寺，半夜钟声到客船。'（文字有异，可能是错引）说者亦云，句则佳矣，其如三更不是打钟时！"也就是说，欧阳修认为"夜半钟声"虽是"好句"，但却"理有不通"，因为没有寺庙会在三更半夜敲钟，扰人清梦。

欧阳修是大学问家，北宋稍后的陈岩肖在《庚溪诗话》里，对欧阳修的质疑提出解释，说："然余昔官姑苏，每三鼓尽，四鼓初，即诸寺钟皆鸣，想自唐时已然也。后观于鹄诗云：'定知别后家中伴，遥听缑山半夜钟。'白乐天云：'新秋松影下，半夜钟声后。'温庭筠云：'悠然旅榜频回首，无复松窗半夜钟。'则前人言之，不独张继也。"意思是在唐朝，寺庙在半夜敲钟是一种普遍的习俗，而且，曾在苏州当官的陈岩肖还自己亲耳听见当地的寺庙在半夜时"寺钟皆鸣"。

另一位北宋的诗人彭乘在《续墨客挥犀》里也说："予后至姑苏，宿一院，夜半偶闻钟声，因问寺僧，皆曰：'固有分夜钟，何足怪乎？'寻问他寺皆然，始知半夜钟惟姑苏有之，诗信不缪也。"这也表示，到宋朝时，苏州的寺庙依然是在半夜敲钟的。欧阳修对"夜半钟声"的质疑，反而成了一点也不踏实的"想当然耳"。由此可知，很多事不能单凭自己有限的经验去"推论"，一定要经过多方、仔细的查证；另外，很多风俗习惯是不断在变化演进的，我们绝不能误以为此时此地的"殊相"就是亘古以来不变的"共相"。

是"霜满天"还是"霜满地"？

接下来谈"霜满天"。在传统的节气观里，每年秋季的最后一个节气称为"霜降"，但现代的气象学告诉我们，霜是在寒冷季节的夜晚，地表层空气中的水汽在辐射冷却的物体表面（譬如接近地面的草叶）上形成的晶体，而不是像雪、雨会从天上降下来，或在空中飘舞，所以不可能有"霜满天"这种情景。

当然，张继可能是为了诗的押韵、平仄、对仗或营造意境，而使用"霜满天"这样的文学描述。不过，气象学家也说如果当年张继确实看到飘浮于空中的某种东西，那有可能是现在所说的霰、雪子或冰针，但这三者都不是"霜"，也不是"雪"。如此一来，张继的"霜满天"就不是"子虚乌有"或"故意扭曲"，而是对于气象的"误读"了！

但不管如何，我觉得引进气象学的知识，并不会折损我们对"霜满天"的美感经验，反而会进一步去想，若将它改为"霰满天""雪满天"或"雾满天"，那在美感和意境上可能就会差一截，所以更会认为张继的"霜满天"实在是说得好！

"乌啼山"与"愁眠山"的玄机

再来谈"乌啼"。我有一次对中学生演讲，提到这首诗时说："晚上是乌鸦休眠的时候，它们并不会啼叫。那'乌啼'是什么意思呢？"有同学说"月落"指的是接近清晨的时刻，天快亮了，所以乌鸦开始叫了，听起来似乎有点道理，但这跟后面的"夜半钟声"在时间上却出现了矛盾。另有同学说，张继听到的只是晚上会叫的夜鸣鸟（譬如猫头鹰）的啼叫声，这似乎更有道理，我们实在不必刻意在那个"乌"字上找茬。（还有一种说法：乌指水老鸦，即鸬鹚的俗名，似鸬鸟而小，为渔舟所养，令其捕鱼。）

但我对同学提出另一种说法：因为寒山寺西边有一座"乌啼山"，所以张继的"月落乌啼"说的其实是"月亮落到乌啼山后"。结果，有不少同学认为我说得很有道理。

但当我又说寒山寺南边另外还有一座"愁眠山"时，原本相信我说法的同学不仅发现自己掉进了一个陷阱，而且了解到这个陷阱是怎么产生的：原来，所谓的"乌啼山"和"愁眠山"都是张继这首诗有名之后，才附会于它的"景点"名称（"愁眠山"原名"何山"，苏州另有一座桥叫"乌啼桥"）。

除了寒山寺外，虎丘是苏州的另一知名景区。景区内有一块被劈成两半的"试剑石"，相传是春秋时代吴王阖闾为了争霸天下，请干将、莫邪夫妇为其铸剑，阖闾为了测试宝剑的锋利程度，拿起剑往石头上一挥，就将坚硬的石头劈成两半。这块"试剑石"的真假，考证起来也许要费点工夫。但景区内另有一块石头，旁边写着"秋香一笑处"，它是来自纯属虚构的"唐伯虎点秋香"这个民间传说。故事是假的，但石头却是真的，不过大家都一清二楚，它是为了增加景点的知名度，而附会于文学作品的产物。

苏州近郊的"乌啼山"和"愁眠山"，也是这样的产物。其实不只苏州，其他各地附会于名人、名作的景点，也都应作如是观，而这也正是所谓的"文化搭台，经济唱戏"。

苏州在唐朝时有没有枫树?

最后谈"江枫"。江边的枫树,这原是最自然的美景,最不会让人起疑的,但经"文徵明"一说,我感到好奇,而上网查了相关资料,才了解到它果然是此诗中最大的疑点与谜团;而且在解开谜团的过程中,还让我看到文学作品在历史浮沉中所可能产生的各种变貌,当然有些依然是谜,恐怕也永远难以解开。下面就挑一些自觉比较合理或有趣的说法:

首先,现在的苏州当然有枫树,但很多专家认为,苏州在唐朝时并没有枫树,如今苏州的枫树是明朝时由范仲淹的十七世孙范允临晚年从福建引进的(他是苏州人,但在福建当官)。另外,清朝的王端履则说:"江南临水多植乌(柏),秋叶饱霜,鲜红可爱,诗人类指为枫。不知枫生山中,性最恶湿,不能种之江畔也。此诗'江枫'二字,亦未免误认耳。"也就是说,他认为张继当时可能在河边看到长满红叶的乌柏,却误以为那是枫叶。

但如果唐朝时苏州没有枫树,河边也没有红叶,那"江枫"指的又是什么呢?清末苏州才子俞樾(现在寒山

寺里《枫桥夜泊》的诗碑就是出自他的手笔）考证说："唐
张继《枫桥夜泊》诗脍炙人口，唯次句'江枫渔火'四字，
颇有可疑。宋龚明之《中吴纪闻》作'江村渔火'，宋人旧
籍可宝也。……明文待诏所书亦漫漶，'江'下一字不可
辨。……幸有《中吴纪闻》在，千金一字是'江村'。"意
思是"枫"乃"村"字之误。

"封"与"枫"的争议

另有一派的说法，也就是本文开头那位"文徵明"的
说法："枫"乃"封"字之误，"江枫渔火"其实是"江封
渔火"，说的是江村桥和封桥之间的渔火。在寒山寺外边
的那座拱桥就是江村桥，而封桥则在前方更远处（如今已
不存），因为早年基于治安考虑，晚上会关上栅门封闭河
道，所以称为"封桥"。明初卢熊在《苏州府志》说："天
平寺藏经多唐人书，背有'封桥常住'四字朱印。知府吴
潜至寺，赋诗云'借问封桥桥畔人'，笔史言之，潜不肯
改，信有据也。"

"封"与"枫"虽同音，但却是如何转换的呢？这又
有两种说法：一是宋朝的《豹隐纪谈》（作者佚名）说：

"王郇公居吴时，书张继诗刻石作'枫'字，相承至今。"
王郇公（王珪）在北宋仁宗时当过宰相，辞官后家居苏
州，在手书张继诗作石刻时，将"江封渔火"写成"江
枫渔火"，"宰相说了算"，所以就被后世沿用。另外有人
说："本为封江、封桥，王蚌改封为枫，人们震慑权势，
只得趋附。"因未注明出处，也不知"王蚌"是否为"王
珪"之误？我只能看到什么就说什么，留待高明去查证。
不过话说回来，从很多角度来看，"江枫渔火"确实都比
"江封渔火"高明许多。（另有人说"江枫渔火对愁眠"
原是"枫江渔夫对愁眠"，为免越扯越远，这里就不
谈了。）

连诗名《枫桥夜泊》都错了？

有趣的是，这首千古名诗的题目《枫桥夜泊》也是有
问题的。在清朝乾隆年间孙洙夫妇编选的《唐诗三百首》
中，《枫桥夜泊》一诗下有注云："一作《夜泊松江》"；而
在最早选录本诗的唐朝的《中兴间气集》里，诗题为《夜
泊松江》，这应该才是张继的原题。松江位于苏州城外，
是吴江的下游，再下去就称为吴松江，到上海则称为苏州

河。《枫桥夜泊》这个诗题，可能是宋朝时才"被改名"（也许就来自王郇公的石刻）的。到了清朝康熙年间的《全唐诗》，此诗的诗名已是《枫桥夜泊》，但下有一注云："一作《夜泊枫江》"，可能是松江又称枫江，或有一段称为枫江。

已故学者施蛰存认为，《夜泊松江》——张继当年所坐的船并非停泊在寒山寺下或枫（封）桥附近，而是离寒山寺还相当远的松江之上，这样才比较合理。因为说"姑苏城外寒山寺，夜半钟声到客船"，给人的感觉是钟声应该从很远的地方传来的，如果船就停泊在寒山寺外头，那么他听到的半夜钟声，一定离自己很近也很响才对，用"到"就不对。

所以，所以……前面所说"江枫渔火"指的是江村桥与封桥间的渔火又"全部破功"了！而枫封之争与苏州在唐朝时到底有没有枫树，似乎也显得没啥意义了。所以，所以……"绕了一大圈，你这不是白说了吗？你是故意要玩弄大家吗？"我只能耸耸肩，说："这样的结局不是我原先意料得到的，我想，大家也不必再做太多的理性思考，还是心无旁骛地去欣赏《枫桥夜泊》的美感与意境吧！"

《慈乌夜啼》里的"慈乌"是什么鸟？

《枫桥夜泊》的讨论就此打住，我们再来看另一首唐诗——白居易的《慈乌夜啼》。记得是当年念中学时的课文，印象非常深刻：

> 慈乌失其母，哑哑吐哀音。
>
> 昼夜不飞去，经年守故林。
>
> 夜夜夜半啼，闻者为沾襟。
>
> 声中如告诉，未尽反哺心。
>
> 百鸟岂无母，尔独哀怨深。
>
> 应是母慈重，使尔悲不任。
>
> 昔有吴起者，母殁丧不临。
>
> 嗟哉斯徒辈，其心不如禽。
>
> 慈乌复慈乌，鸟中之曾参。

相信很多人也都读过这首诗。但"慈乌"到底是什么鸟？老师只说是一种乌鸦，他也没见过，但既然是大诗人白居易说的，而且还被收在课本里，那就准没错！所以我当时颇受这首诗的影响，觉得当子女的应该孝顺父母，否则就是"禽兽不如"。

后来，慢慢发现诗人的话"多不可靠"，也知道绝大多数的脊椎动物的子代在成熟后就会被赶出家门，亲子以后即甚少来往。像"慈乌"这种不仅会"反哺"父母，而且因思念母亲而"夜夜哀啼"的，实在是不可思议。又后来，才知道它的"匪夷所思"是因为世界上根本就没有这种鸟！全球的鸟类学家在各地观察了数百年，从未发现鸟类有反哺行为。那白居易是凭空捏造吗？似乎也不是。他所说的慈乌反哺和夜啼，很可能是来自下面这个"可怕的误解"。

美丽的传说与可怕的误解

原来，世界上约有五十种杜鹃科的鸟类属于寄生鸟，它们并不筑巢，也不孵蛋，更不想自己养育幼雏，而是在繁殖季节时，先寻找合适的宿主，诱逼正在孵蛋的宿主离巢，吃掉或丢掉一颗蛋，然后在巢内产下一枚类似的蛋，由不知情的宿主替它孵蛋（被寄生的鸟类高达一百多种）。杜鹃的幼雏通常比宿主的幼雏先孵化出来，一孵化出来，它即会本能地把巢中其他的蛋或雏鸟一个个推出巢外。

"义母"觅食回来，看到巢内只剩下"唯一的孩子"，就对它倍加宠爱，而它也大刺刺地独占"义母"辛苦找回的食物，等羽翼丰满后，就扬长而去。这种繁殖模式可以说是既残酷又冷血。

杜鹃的体型通常比它们的宿主来得大。没多久，雏鸟的块头就比"义母"大许多，但还继续张大嘴巴被喂养。不明就里的人看到"小鸟"居然在喂"大鸟"，以为那是"子代"在反哺"亲代"，而注重孝道的人更是惊喜赞叹，对此大做文章，认为它们是"鸟中曾参"了。至于杜鹃鸟特有的凄切啼声，则被听成是思念母亲的"哑哑吐哀音"了！

杜鹃的叫声并不甜美，反而给人哀凄之感，但这种"哀凄"却获得相当的美化：民间传说蜀国国君望帝（杜宇）禅位给治水有功的能人，退隐的望帝在死后化为鸟，暮春啼叫，声若"不如归，不如归！"哀怨悲凄断人肝肠，最后竟啼出血来，百姓感念，遂将这种鸟称为杜鹃，而被它的血染红的花就叫杜鹃花。"庄生晓梦迷蝴蝶，望帝春心托杜鹃。""等是有家归未得，杜鹃休向耳边啼。"都跟这个美丽的传说有关。

但塑造哀怨凄美的"啼血"，其实也是来自错误的表面观察，因为杜鹃的喉咙呈深红色，在开口鸣叫时露出它嘴内的殷红，结果竟被人误以为是在"啼血"。

想借禽兽来劝孝是搞错了方向

这的确是个"可怕的误解"。关于孝顺，二十四孝里的"鹿乳奉亲"也是很多人都听过的故事。周朝时，有一位郯子，从小就很孝顺。他的父母年迈时，患有眼疾，很想吃鹿乳。郯子苦思冥想，终于想出一个办法：他穿上鹿皮，到深山里，混进鹿群中，挤取鹿乳，回去供养双亲。后来被猎人发现，正当猎人举起弓箭要射杀他时，他急忙喊道："我是人不是鹿！"猎人在知道他是为了取鹿乳给双亲吃才假扮成鹿的原委后，对他这种孝敬父母的行为赞叹不已。

小时候听到这个故事，觉得很感人，也理所当然地全盘接受了。但有了一点见识后，就觉得它其实有很多漏洞。首先，野生鹿群是不容易接近的，郯子想到要穿上鹿皮，假扮成鹿，似乎是个好方法，其实只是"想当然尔"。因为多数动物辨别敌我，不是看"长相"，而是靠"气味"，每个鹿群都有由它们的体味、粪味、尿味等综合而成的"独特气味"，即使是真鹿，如没有这种气味，就是"非我族类",不仅不被接纳,还会受到攻击。

其次,要挤野生鹿奶,绝非像到观光牧场"挤牛奶"那样简单。野生的母鹿、母羊等只有在生产后才会泌乳,它们的乳汁也只给自己的"小孩"吃;即使在"小孩"死掉后,也不愿意将多余的奶水哺育别人的孤雏。有经验的牧羊人因此想出一个办法,将死掉小鹿的皮毛剪下来,绑在失母的鹿孤儿身上,让母鹿闻到"自己孩子的气味",而接纳对方,让它吸乳。总之,郯子的"鹿乳奉亲",从动物学的角度来看,犹如天方夜谭。

说这些,并非故意找碴,或是想揶揄古人、质疑孝道,而是要指出,想借"禽兽"来规劝人们应该孝顺父母是搞错了方向。动物并无孝顺的行为,亲情也不如人类,做子女的孝顺父母是人类特有的、"异于禽兽"的可贵行为。

谁是潘金莲：

《金瓶梅》里的故事

　　《金瓶梅》一书对性事刻意描绘，无所忌讳，而且好做双关语。但作者兰陵笑笑生在有意无意间还是泄露了他个人乃至汉民族对"性"的一些隐秘心思。

　　潘金莲的"原我"（性欲）非常猖狂，"超我"相对薄弱，她的"自我"审时度势，想将"欲"升华为"情"，但却没有成功。

　　不少人认为兰陵笑笑生笔下的潘金莲"写活了淫妇"，"淫妇就是这样"。我们可以说，潘金莲就是汉民族集体潜意识里"淫妇原型"的显影。

　　"二八佳人体似酥，腰间仗剑斩愚夫。虽然不见人头落，暗里教君骨髓枯。"《金瓶梅》里的这首诗道尽了中国男人对床上女人的深沉惧怖。

精神分析与《金瓶梅》是一拍即合?

《金瓶梅》是尽人皆知的所谓"淫书",潘金莲是家喻户晓的所谓"淫妇",历来不乏骚人雅士从各种角度去探讨这本小说和小说中的人物,但却都很少触及它真正的主题,也就是性的问题。笔者学医出身,"惯看"的并非"秋月与春风",而是"鲜血和肌肉",不擅摇头晃脑揣摩那幽远的意境,只能看到什么说什么,谈一些形而下的问题。今日之意正是要不揣浅陋,以本行里的精神分析学说一探潘金莲的性生活,以及这些生活点滴背后的心理含义。

也许有人会认为,以精神分析来分析《金瓶梅》这本小说、小说中的人物以及作者兰陵笑笑生是一拍即合,因为精神分析要处理的不正是潜意识中的卑污愿望——也就是性的愿望吗?但这恐怕是"只知其一,不知其二",精神分析所要分析的乃是被压抑的性愿望,而《金瓶梅》一书却已赤裸裸地宣泄了这种欲望,让人一览无遗。如此说来,精神分析岂非已无用武之地?但这恐怕亦是"只知其二,不知其三",盖指出被压抑的性愿望,甚至摊开当事者性问题的所有症结,只是精神分析在分析文学作品时的

"热身运动"而已；在可能的范围内，对当事人（包括书中人物及作者）的整个人格与人生作结构性的分析，才是精神分析的基本目的，而这也是本文的旨趣所在。

直白的性象征：瓢与棒槌

以精神分析来分析《金瓶梅》，若不谈一些性象征，似乎有点说不过去，现在就且让我们先来一些"热身运动"。《金瓶梅》一书对性事刻意描绘，无所忌讳，而且好做双关语，譬如第四回王婆到武大郎家借"瓢"，但事实上是要潘金莲过去和西门庆幽会，借瓢的寓意非常明显，作者还特别诌了一首词来描述此瓢："这瓢是瓢，口儿小身子儿大。你幼在春风棚上恁儿高，到大来人难要。他怎肯守定颜回甘贫乐道，专一趁东风，水上漂。也曾在马房里喂料，也曾在茶房里来叫，如今弄得许由也不要。赤道黑洞洞葫芦中卖的甚么药？"用精神分析的白描，此瓢就是女性性器的象征。

与此相对的是第七十二回，春梅到如意儿处借"棒槌"。此处作者对棒槌无任何歌咏或暗示，也许是情节安排上的不经意流露，但寓意亦非常明显。原来此时正是西门庆勾搭上如意儿，经常在那边过夜致令潘金莲空闺独守之时，所以春梅会代替她的主子潘金莲过去借棒槌。棒槌者，男性性器之象征也。

为什么需要性象征？

弗洛伊德认为，凡是中空的容器，都可以是女性性器的象征，譬如箱子、橱柜、炉子、洞穴、杯子、酒瓶、鞋子、皮包、湖泊、井、船、房子等（埃及的金字塔则是乳房的象征）。反之，长形的、会膨胀的、具有动力与穿透力的东西，都可能是男性性器的象征，譬如石柱、竹子、摩天大楼、塔、香蕉、蛇、鸟、刀剑、拐杖、钥匙、口红等。

虽然说"越受压抑的就越需要使用象征"，因为不便启齿，所以在性方面会使用大量的性象征，但有时候，则纯属"雅趣"，跟"压抑"的关系不大。譬如在《唐传奇小说》的《游仙窟》这篇故事里，男女主角在相互试探和调情时，男主角歌咏刀子说："自怜胶漆重，相思意不穷。可惜尖头物，终日在皮中。"女主角则歌咏刀鞘："数捻皮应缓，频磨快转多。渠今拔出后，空鞘欲如何。"以刀子象征男性性器、刀鞘象征女性性器的意味非常明显。

王婆到武大郎家借瓢，春梅到如意儿处借棒槌，瓢与棒槌的象征意义，还有兰陵笑笑生对瓢的歌咏，都可以说是来自这种有意识的"雅趣"。

隐晦的性象征：鞋与钥匙

但有时候，文艺创作者还是会不自觉（潜意识）地使用性象征。譬如在《金瓶梅》里，潘金莲与女婿陈敬济间的奸情，因涉及乱伦，而需要有较长时间的酝酿与悬宕。在漫长的试探与调情过程中，潘金莲有一次丢了一只"鞋子"，她四处找鞋子，最后鞋子落到陈敬济手中，且由他拿来归还。无独有偶的，陈敬济随后也丢了一把"钥匙"，他觉得是遗失在潘金莲这边，而到她房里来寻找。一个丢鞋，一个丢钥匙，而且又都和对方有关，鞋与钥匙正像前述的瓢与棒槌，分别是女性和男性的性象征。

笔者虽然无法揣测兰陵笑笑生是有意还是无意地使用这些性象征，但我认为应以"不自觉"的成分居多。就像唐朝贾岛诗中的"鸟宿池边树，僧推月下门"，"鸟"与"僧"有象征男性性器的嫌疑，而"池"与"门"则有象征女性性器的嫌疑，但我们还是无法窥知贾岛在创作时是否意识到这点。

但不管有意还是无意，它表示人类不论是黑白黄或贤不肖，都有意或无意在运用某些普遍的性象征，所谓"人同此心，心同此理"，人类心灵的运作乃有其普遍的法则。不过用精神分析来分析文学作品，绝不能只停留在肤浅的阶段，而要进一步去探讨小说中人物的人格特质及其在生活中的投影。

潘金莲：一个性欲亢进的女人

不论是以传统中国或性革命以后的西方观点来看，潘金莲都可以称得上是一个"性过度"（hypersexuality）的女人。一般说来，"性过度"的女人有两大类：一是因无法从性行为中获得满足而几近强迫性地反复追求那"虚拟的性高潮"者；一是能从性行为中获得满足，但旺盛的性欲（原我）与薄弱的道德意识（超我）却驱使她去追求更多实质的性高潮者。潘金莲应该是属于后者。

虽然在命运的安排下，她被塞给武大郎当老婆，这个三寸丁的丈夫在"着紧处，都是锥扎也不动"，而显然使她积压了相当程度的欲求不满；但在兰陵笑笑生的笔下，她更是一个"生性淫荡"的女人。作者借相术来显露她的这种本性：在第二十九回里，吴神仙看了潘金莲的相后，说她："发浓鬓重，光斜视以多淫；脸媚眉弯，身不摇而自颤。""举止轻浮惟好淫，眼如点漆坏人伦，月下星前长不足，虽居大厦少安心。"在中国人的观念里，相格正暗示着本性。潘金莲之所以对性特别有兴趣，乃是因"脸上多一颗痣或肌骨的比例"所致，是生来就是如此的，与她的童年经验无涉，因此，笔者也不打算在这里讨论潘金莲或西门庆在个人的成长过程中，有没有什么特殊的生活经验而使他们在成年后出现异于常人的性观念和性活动。

对兽性本能的恣纵

《金瓶梅》一书对潘金莲的诸种"淫行"虽然着墨甚多，却很少提及她对性的基本态度，勉强可以作个交代的是在第八十五回里，潘金莲在西门庆死后勾搭上女婿陈敬济，旋因受疑而被拆散，她"挨一日似三秋，盼一夜如半夏"。正闷闷不乐时，她忠实的"性差使"春梅说："你把心放开，料天塌了还有撑天大汉哩。"于是两人借酒消愁，"见阶下两只犬儿交恋在一处"，遂说道："畜生尚有如此之乐，何况人而反不如此乎？"这种恣纵兽性本能，实时行乐的看法，可以说是潘金莲和春梅这对主仆基本的性态度。

旺盛的性欲与放纵的性态度为潘金莲提供了"淫妇"的心理造型，也为《金瓶梅》一书中的性描写画龙点睛。她不仅会背着丈夫"眉目嘲人，双睛传意"，主动去勾搭撩拨男人，而且更在床笫间采取主动的架势。在第十三回里，西门庆出示春宫画，潘金莲"从前至尾，看了一遍，不肯放手，就交与春梅道：'好生收在我箱子内，早晚看着耍子。'"日后先与西门庆，后与陈敬济，照着春宫画上的模样行事。对潘金莲来说，性并不单纯是博取男人欢心的差事，而是一件可意赏心的乐事。

想将欲升华为情的徒劳

潘金莲曾数度要将"欲"升华为"情"，但都没有成功。她的枕边风月虽然"比娼妓尤盛"，私底下却相当鄙薄妓女，因为她认为"婊子无情"。她骂勾栏院里让西门庆迷恋的李桂姐："十个九个院中淫妇，和你有甚情实。

常言说得好：船载的金银，填不满烟花寨。"潘金莲自觉有一缕情丝缠在她所爱的男人身上，譬如当西门庆流连歌台舞榭不返时，潘金莲写了一封情书，要小厮玳安转交给西门庆，情书上说："黄昏想，白日思，盼杀人多情不至，因他为他憔悴死，可怜也绣衾独自。"

西门庆死后，她与女婿陈敬济的奸情因遭疑而受阻时，也要春梅捎一封情书给陈敬济，情书上说："将奴这桃花面，只因你憔瘦损……泪珠儿滴尽相思症。"正是说不完的离情之苦，道不尽的相思之意。但潘金莲只有在性欲受阻时，才会写情书、弹琵琶咏颂爱情。写给西门庆的情书墨迹未干，她就因难耐春闺寂寞，将小厮召进房内，将他给"用"了；她虽也为了陈敬济而"憔瘦损"，但在被王婆领回后，也等不及情郎来相会，就又和王婆的儿子王潮搞上了。

性欲是水，爱情是岸，水没有岸来加以定型，就无法累积，而四处横流，变得浅显化，难以有江海湖泊的深邃感，这也正是潘金莲的情欲世界给人的感觉，泛滥而缺乏深度。因此，虽然有着无边的风月，但其欲情的饥渴度与满足度竟不若白先勇短篇小说中的玉卿嫂那样深邃。

潘金莲的原我与自我

赤裸的性欲是依快乐原则而行事的原我（id），它需要受到依现实原则来行事之自我（ego）的引导，与依道德原则来行事之超我（superego）的节制。潘金莲的原我自是生来就蓬勃无比，但她的自我对男尊女卑、一夫多妻的社会现实却也有着相当的体认。她自知无法独占西门庆的身心，而须与众女共分一杯羹，所谓"船多不碍港，车多不碍路"，大家各凭本事，以讨主子欢心。潘金莲在这方面的本事包括在床上百般奉承、到处偷听、突袭抓奸、收集情敌的情报、将身体抹得像李瓶儿般的白净以夺其宠，并借迷信术法想在壬子日生子，用木人符灰要拴住西门庆的心等。潘金莲的自我，与书中其他女性可以说没什么两样，最少是差异不多。

在《金瓶梅》这种形式的古典小说里，我们很难看到有关当事者内心冲突的描述，因此，笔者也找不到潘金莲对自己的行为是否有过什么反省或罪恶感的蛛丝马迹。礼教与道德对她（甚至对书中的多数人物）来说，可能只是嘴巴上的表面文章，我们需从外在的具象权威去寻找具有约束与惩罚力量的超我象征。

软弱无力的象征性超我

潘金莲生命中的第一个权威人物——父亲，很早就死了。第二个权威人物——母亲（潘姥姥），虽然含辛茹苦将她带大，让她学琴识字，但潘金莲对母亲却不甚尊敬，曾为了轿钱而当众奚落辱骂她。第一任丈夫武大郎、第二任丈夫西门庆与西门庆死后当家的大老婆吴月娘又分别代表她在三个不同人生阶段中的权威人物。巧的是，潘金莲各被这三位权威人物捉过一次奸，第一次是武大郎捉她和西门庆的奸，第二次是西门庆捉（打）她和琴童的奸，第三次是吴月娘捉她和陈敬济的奸，结果是"事出有因，查无实据"，都被潘金莲狡辩过去。"超我"虽然数次进抵"原我"的窝巢，但都没能将它制伏。

在第七十六回里，有一个有趣的插曲：西门庆从衙门回来，说他审了一个丈母养女婿的案子，两人的奸情因使女传于四邻而暴露，结果丈母和女婿都招了供而判了绞罪。此时，也在暗中养女婿的潘金莲居然脸不红、气不喘地说，应将那告密"学舌的奴才打的烂糟糟的，问他个死罪也不多"。在西门庆死后，使女秋兰果真将潘金莲和陈敬济的奸情向吴月娘告密，结果竟不获相信，秋兰反而被打得烂糟糟。这固然表示"原我"气焰的高涨，亦表示"超我"的懵懂、昏庸、懦弱——其中武大郎是个侏儒，西门庆本身就是个色中魔鬼，而吴月娘则是个迷信神佛的烂好人。

不仅个人层面的超我出了问题，连社会层面的超我——法律与礼教也是漏洞百出，无法约束人欲的横流。吴月娘、孟玉楼等一伙妇女，表面上看起来似乎是相对于潘金莲的"好女人"，其实整天也是无所事事地吃喝玩乐。在第七十四回里，西门庆回府被潘金莲捷足抢进房中，众女骂了一顿"淫妇"后，只好听暗地里提供生子灵药的僧尼宣讲善恶果报的佛法，然后大吃大喝（满足了与性欲相对的食欲），再由李桂姐唱"淫曲"给众女和僧尼合听。这岂非是另一种形式的堕落？

武松：另一股非法的力量

潘金莲因"原我"的放纵，而犯下了通奸、谋杀亲夫、养女婿等法律与礼教所不容的罪行，但事实上，瘫痪的法律与礼教均奈何不了她。在吴月娘要王婆将她领回后，还有很多男士、各路人马争着要娶她，而使王婆认为她是可居的奇货，一路抬高价钱。设若潘金莲不是触怒了武松，最后由武松出面来杀嫂祭兄，笔者一时也很难想象兰陵笑笑生会安排给她一个怎样的结局。很像潘金莲影子的春梅，也是一个犯下通奸、乱伦罪行的淫妇，但兰陵笑笑生给她的结局却是"在床上快乐而死"。

从精神分析的眼光来看，武松并非"超我"的象征。这个打虎英雄事实上代表的是另一股非法的力量，而他竟然是书中唯一严峻拒绝潘金莲诱惑的男人！众人皆醉我独醒，独醒者却也不是什么健全的英雄，他对潘金莲的制裁用的亦非健全的手段。武松杀嫂祭兄的手法非常残忍，这绝非什么道德力量的展现。

人性的堕落、社会的黑暗与生命的无望，饱餍欲望之后肉体的狼藉与心灵的荒芜，跟枕边风月同样一览无遗地呈现在我们眼前。

为何要对《水浒传》的故事作此改写？

在前面，我们将潘金莲当作一个有血有肉的人来加以分析。但事实上，她是由作者兰陵笑笑生用一堆文字所营造出来的空幻影像。因此，接下来而且也许是更重要的问题是：兰陵笑笑生为什么要塑造出这样的一个人物和如此的一段情节？对此，笔者无法根据作者的生活经验作特异性的陈述（因为我没有兰陵笑笑生个人的传记资料），而只能作广泛性的通论。

众所周知，《金瓶梅》的故事脱胎于《水浒传》。在《水浒传》里，从潘金莲出场到武松手刃奸夫淫妇，前后不过五个多月的时间，明快而果决。但在《金瓶梅》里，却被拉成六七年，武松第一次为兄复仇失败，自己反而身触重罪，使潘金莲和西门庆又过了六七年的快乐日子，而且最后，西门庆也不是被武松捧杀而是自己纵欲过度而死。这种改装令人想起莎士比亚的《哈姆雷特》。

《哈姆雷特》一剧来自北欧的一个传奇故事。在原来的传奇故事里，克劳狄斯在一次酒宴里，当众拔剑挥杀他的哥哥（国王），并向围观的贵族说他之所以这样做，是为了保护嫂嫂（皇后）免于受哥哥的虐待（有些传说是克劳狄斯和皇后私通，但有些则无此说法）。王子哈姆雷特在克服外在的障碍后，立刻毫不犹豫地杀死克劳狄斯，为父报仇，登上王位。但在莎士比亚的《哈姆雷特》一剧里，克劳狄斯不仅和皇后私通，秘密地谋害兄长，而且哈姆雷特在为父报仇的行动中竟显得迟疑不决。西方的精神分析学家问："莎士比亚为什么要做这种改装？"

现在，笔者不禁也要问："兰陵笑笑生为什么要做这种改装？他为什么要嘲弄、挫折与延搁武松的复仇行动？为什么给西门庆一个 good death？"笔者无意硬给兰陵笑笑生戴上一顶"伊底帕斯情结"的帽子，或说什么"西门庆所做的事正是兰陵笑笑生潜意识里想做而又不敢做的事"。但若如他人所说是为了"情节铺衍上的需要""苦孝"或"戒淫"等，也是令人难以信服的。

让汉民族的"淫妇原型"显影

今天，很多人在私底下常会不自觉地说："某某很像潘金莲。"潘金莲事实上已成为我们臧否人物时的一个原型（archetype）象征，她所代表的正是"淫妇"这种女人。换句话说，兰陵笑笑生所塑造的"潘金莲"很生动地反映了汉民族集体潜意识中的"淫妇原型"。一个伟大的艺术家乃是赋予该民族的各种"原型人物"以形貌的人，他们为大家说出了"什么叫作英雄""什么叫作贤妻"……"什么叫作淫妇"。

笔者虽然认为《金瓶梅》是一本"淫书"，但也认为它是一部不错的艺术作品，它的作者兰陵笑笑生更是一个伟大的艺术家，这个艺术家之所以要借用《水浒传》中的题材来加以铺衍，想做的不是"苦孝""戒淫"或"写黄色小说"，而是尝试以其敏锐的心思勾画出汉民族心目中与"性"有关的一些原型。书中这类原型不少，但因限于篇幅，笔者只能提一提跟潘金莲有关的"淫妇原型"及其相关部分。

不少人认为兰陵笑笑生笔下的潘金莲"写活了淫妇""淫妇就是这样"。笔者在前面已约略提到了此"淫妇"的一些特征：天生淫荡的、有可资辨识的形体特征、主动勾搭男人、恬不知耻、让男人骨髓枯干，等等。你如果在路上随便抓一些人来问"什么叫作淫妇?"他们的回答大抵亦是如此，千百年来没什么改变，而古往今来，以兰陵笑笑生描绘得"最为传神"。

打开天窗说亮话

精神分析所关心的是动机的问题，笔者不敏，但对过去的一些专家学者之不喜谈《金瓶梅》中的性问题却也颇能心领神会，因为在中国传统知识分子生命的文化结构里，"性"虽有它"摆放"的合适位置，却没有"谈论"的理想空间。笔者今天是以"医师"的身份"名正言顺"地来谈这个问题，所以不必像东吴弄珠客诌些"读《金瓶梅》而生怜悯之心者菩萨也，生畏惧心者君子也，生欢喜心者小人也，生效法心者乃禽兽耳"这种冠冕堂皇的话；也不必像张竹坡般为兰陵笑笑生"设想"，苦心孤诣地提出"苦孝说"这种怪论。依笔者简单的心思来看，《金瓶梅》是一本"淫书"，潘金莲是一个"淫妇"，而身为一个艺术家的兰陵笑笑生当然不会是志在"写一本黄色小说"而已，他想要描绘的是存在于他内心深处一些模糊而又与人生真谛有关的东西（也就是"原型"）。在勾绘"淫妇原型"的过程中，他自觉或不自觉地表露或者说宣泄了他的性幻想；同时，对他所创造的"淫妇"，在"阳"的一面，他给予公式化的道德谴责，在"阴"的一面，却也暴露了一般男性对此的惧怖。

薛仁贵与薛丁山：

伊底帕斯情结在中国

　　薛仁贵在山神庙里现出白虎星原形，薛丁山不知道那就是他父亲，而射死了白虎。这正是一种经过改装的伊底帕斯（恨父恋母）情结。

　　名为征西二路元帅的薛丁山，却带着母亲同行，也是他初次要和父亲共同生活。在心性发展的时间表上，正是要上演父子冲突的关键时刻。

　　伊底帕斯情结是父系、核心家庭这种社会制度下的特殊产物，应少见于中国传统的大家庭，但薛丁山的成长环境却刚好符合这个条件。

　　薛丁山所娶的三位妻子窦仙童、陈金定、樊梨花，个个勇猛无比，都成了薛丁山替代性的母亲，特别是樊梨花，更取代了他父亲的地位。

梁实秋认为伊底帕斯情结非常荒谬

在梁实秋先生所译莎士比亚《哈姆雷特》一剧的序文里，末尾有这样一句话："心理分析学派且以哈姆雷特为'儿的婆斯错综'之一例，益为荒谬!"他所说"儿的婆斯错综"一语，就是现在通用的"伊底帕斯情结"（Oedipus complex）。

精神分析学派的鼻祖弗洛伊德曾说："很巧的，文学界的三大杰作，索福克勒斯的《伊底帕斯王》，莎士比亚的《哈姆雷特》与陀思妥耶夫斯基的《卡拉马佐夫兄弟们》，都涉及同一个问题——弑父。而且三者的行为动机显然都是起源于对一个女人的竞争。"弗洛伊德认为，哈姆雷特之所以会对杀死他父亲并娶他母亲为妻的叔父克劳狄斯的复仇行动显得迟疑不决，乃是因为克劳狄斯的所作所为正是哈姆雷特小时候想做，而现在在潜意识里仍然想做的事——也就是说，哈姆雷特有想要弑父娶母的"伊底帕斯情结"。

这种观念也许会让某些作家感到非常荒谬。弗洛伊德在《陀思妥耶夫斯基与弑父者》一文里，在用伊底帕斯情结来解释《卡拉马佐夫兄弟们》后，附加了一句："对不熟悉精神分析的读者而言，这也许是可厌而令人难以接受的，我对此感到抱歉，但我不能改变这些事实。"虽然有很多人还有作家觉得伊底帕斯情结荒谬、可厌，但还是有不少人在提到文学及电影等作品时，总忘不了又会提它一两句（或者贬损它一两句），它似乎具有魔术般的神奇魅力。

因令人讨厌而产生的吸引力

事实上，很多谈伊底帕斯情结的文人可能都误解了它的意义，他们心中有的也许只是弑父娶母这个模糊的概念，但何以一个模糊的概念会具有如此强大的魔力，让人谈论不休呢？专精语言分析的哲学家维根斯坦（L. Wittgenstein）说得一针见血："弗洛伊德强调人们不喜于（dis-inclined）接受他的解释，但如果一种解释是人们不喜于接受的，那么它也很可能是人们喜于（inclined）接受的，这就是弗洛伊德所实际显示的……这些观念具有显著的吸引力。"

维根斯坦用两句话就对精神分析作了一次漂亮的语言

分析，伊底帕斯情结的显著吸引力也许就在于它的荒谬、可厌。不过在下"荒谬、可厌"的断语之前，我们最好先了解伊底帕斯情结到底是什么以及它援用于文学批评上的意义。

本文尝试以中国通俗文学中的《薛仁贵征东》与《薛丁山征西》为材料，来讨论伊底帕斯情结在文学批评中的适用性问题，兼及它在特殊文化与家庭结构的适用性问题，抛砖引玉，希望使读者对伊底帕斯情结能有更进一步的了解。

薛氏父子故事的传统架构

《薛仁贵征东》与《薛丁山征西》像多数中国传统的民间故事，充满了天人两界的宿命色彩。薛仁贵是白虎星下凡，十五岁才开口说话，"白虎一开口"就克死了父母。他散尽家财，成了落难的英雄，后来得到千金小姐柳金花慧眼青睐，在破窑成亲。时值地穴金龙投胎的盖苏文在高丽作乱，紫微星君唐太宗寻访征辽的应梦贤臣，也就是薛仁贵。但因为张士贵从中作梗，薛仁贵只能以火头军的身份屡立战功，最后白虎斗金龙，薛仁贵杀死了盖苏文，而张士贵也因欺君之罪伏诛。平辽王薛仁贵衣锦还乡,但阴魂不散的盖苏文化作独角怪物,使薛仁贵误杀了自己素未谋面的儿子薛丁山。

薛丁山则是天上金童下凡,他在被父亲射死后,为王敖老祖所救,在山中学艺七年,救援被困在锁阳城的唐太宗和薛仁贵。番女樊梨花是天上玉女下凡,其未婚夫杨藩则是披头五鬼星转世。因昔日在天庭有金童玉女动了凡心,玉女对披头五鬼星嫣然一笑,令金童不满的前尘往事,到了人间,樊梨花三擒三放薛丁山,而薛丁山则三娶三弃樊梨花。杨藩在白虎关逼围薛仁贵,前往救援的薛丁山不幸射死化为白虎的父亲。

金童玉女几经折磨,终于奉旨完婚。樊梨花大破白虎关,义子薛应龙斩杀杨藩,杨藩阴魂则投胎于樊梨花腹中,生下薛刚闯祸,害得薛氏满门三百余口被抄斩。

重点在于父子关系与男女关系

在天人两界的宿命架构里,我们也许只能说这是一个因果循环、冤冤相报的故事。但如果我们能调节一下焦距,淡化故事中的宿命色彩与战争情节,而只凸显其人际关系，则可看出另外两个主题：父子关系与男女关系。这两种关系，正是精神分析在分析文学作品时最着重的两个主题。

经过拆解后的《薛仁贵征东》与《薛丁山征西》有两条主线：一是薛英（仁贵之父）——薛仁贵——薛丁山——薛刚，此乃纵线的父子关系，这三层父子关系有一个共通的特点，就是"冲突与死亡"。另一是薛丁山和他的三位妻子窦仙童、陈金定、樊梨花，此乃横向的男女关系，这三个面向的男女关系也有一个共通的特点，就是"女强男弱"。

在进一步分析之前，我们必须换个话题，先弄清楚到底什么叫伊底帕斯情结。

伊底帕斯情结的原义

众所皆知，伊底帕斯是希腊悲剧作家索福克勒斯的《伊底帕斯王》一剧中的主角，他受命运的作弄，被生身父母底比斯城的国王与王后弃于荒野，而由邻国国王抚养长大。长大后的伊底帕斯离开养父之国，于途中因争吵而杀死素未谋面的生父，并因解答了人面狮身像之谜，而成为底比斯王（取代父亲的地位），娶了素不相识的生母为妻，生下两男两女。后来底比斯城发生瘟疫，残酷的真相终于因神谕而揭露，弑父娶母的伊底帕斯自己弄瞎了眼睛（去势的象征），离开其祖国。

弗洛伊德认为，伊底帕斯悲剧之所以令人感动，因为里面有我们的心声，我们就像被命运拨弄的伊底帕斯，"注定第一个性冲动的对象是自己的母亲，而第一个仇恨暴力的对象却是自己的父亲"（女性则相反，本文以下只谈男性的"伊底帕斯情结"，不再注明）。这个童年期的愿望虽然早已被我们潜抑到潜意识里，但探究与揭发人性的文学家却又将它挖掘出来，勾起我们童年时的模糊残梦，而令人唏嘘不已。

性蕾性欲期的魔法思想

事实上，文学作品只是伊底帕斯情结的注脚。弗洛伊德主要是从临床病例发展出他这套理论的。在有名的小汉斯（little Hans）病例里，五岁男童汉斯依恋他的母亲，在和母亲同床睡觉及一起洗澡时，觉得非常快乐；反之，汉斯认为父亲是他"强大的情敌"，叫父亲走开，希望他死掉。但另一方面，汉斯也畏惧他的父亲，深恐父亲的报复。有一天，汉斯和母亲搭乘马车出游，马车翻覆，汉斯非常惊惶，害怕那匹马会来咬他，而产生了惧马症，"怕被马咬"即是"怕被父亲去势（阉割）"的心理置换作用。

弗洛伊德认为，一个男孩子在心性发展过程中的性蕾性欲期（phallic stage），也就是约两岁半到六岁间，开始从外界寻找满足其幼稚性欲的对象，而最可能的对象就是最接近他、最关爱他、几乎有求必应的母亲。因此，这个时期的男童会极度依恋母亲，把母亲视为他的爱人。但他很快就发现，父亲也很接近母亲，是和他竞争母亲之爱的情敌，于是他变得讨厌父亲，童稚心灵里产生希望父亲消失的魔法思想。但慢慢抬头的现实原则又使他体认到，远比他强壮的父亲会对他施以无情的处罚，而其中最可怕的是割除他的祸根——阳具。因为当他玩弄性器时，大人会加以制止，并恫吓："你再这样，我就把你的鸡鸡割掉！"在去势焦虑（castration anxiety）下，男童逐渐放弃对母亲越分的爱与对父亲不当的恨，而转入潜伏性欲期（latent stage），开始认同于父亲，学习社会所认可的男性角色。那一场童稚之爱遂被潜抑到潜意识里，而难以再在意识层面浮现（也就是说，成年之后经由意识之反思，无法回忆起有过这么一回事）。

说"弑父娶母"也许是太夸张了，"恋母恨父"则是较宽容也较普遍的说法。

伊底帕斯情结是人类的普同经验？

弗洛伊德后来又对伊底帕斯情结作了若干修正与扩充，他认为伊底帕斯情结并不一定来自实际的家庭情境或有意识的愿望，而是儿童在他所置身的任何人际关系结构——一种类似家庭组合的结构中，所必然有的潜抑观念。譬如在另一个知名的狼人（The Wolf Man）病例中，病人是一位惧狼的年轻男士，他的父母富有而体弱多病，病人从小就由护士与女仆照顾，他依恋的是这些女人而非母亲。这些女人在目睹他玩弄性器取乐时，也都警告过他："你再这样，我就把你的鸡鸡割掉！"不过在病人的幻想中，要来将他去势的并非这些女人，而是凶恶的父亲！

弗洛伊德认为，当一个人的实际经验与标准的伊底帕斯模式不符时，当事者在自由联想的回溯时，常会加以重塑，以符合神话的架构。譬如在狼人这个病例里，母亲与女仆的融合，父亲取代女仆成为真正的去势者。

这可能表示人类的种系发生遗产（phylogenetic heritage）胜过个人的偶发经验。这里所说的种系发生遗产意指弗洛伊德在《图腾与禁忌》（*Totem and Taboo*）里所说的，伊底帕斯情结乃是人类的普同经验，人类的远祖可能因为与父亲争夺女人而弑父，在罪恶感的驱迫下，产生神圣图腾（象征原始父亲）、乱伦禁忌、割包皮仪式（温和化的"阉割"）等文化设计，这些文化遗产使得一个人在童年里即使没有经历标准的伊底帕斯模式，也会有相类似的情结。

经过改装的伊底帕斯情结

绝大多数人在成长的过程中，都能成功地将伊底帕斯情结潜抑到潜意识中。但有些人则因生活情境的乖违，譬如过早、过度的性刺激或性创伤，双亲之一的不在或去世，父亲过度的惩罚，父母关系的异常等，而使伊底帕斯情结复杂化，没有获得合理的解决，在日后即较易衍生出各种问题来。

深埋在记忆深处的伊底帕斯情结，不管是在个人往后的现实生活、梦境、文学作品乃至神话传说中，都很难再以原始面貌呈现，而有着各种程度的改装。譬如英国小说家劳伦斯（D. H. Lawrence）热爱一个强壮的、育有子女的他人之妻（类似母亲身份的女人）；古代或神话中的伟人譬如耶稣只有母亲、没有生身父亲（父亲被抹杀了）；乃至于哈姆雷特对弒父娶母的叔父难以下手等（叔父所做的正是他小时候想做的），都被精神分析学家认为是伊底帕斯情结的变调。即使是真正弒父娶母的伊底帕斯王，其行径亦被委诸命运的作弄，而非出于本意。

这些改装与变调，都只对伊底帕斯情结作局部的显影，因为我们的意识已不容许它一览无遗地呈现。有了这些基本认识，将有助于下面的讨论。

薛仁贵既是逆子，亦是恶父

从父子关系来看，平辽英雄薛仁贵事实上是个逆子与恶父。他到十五岁尚不会开口说话，在父母五十寿辰前夕，睡梦中见白虎揭帐，吓得喊声"不好了"才得开口。第二天开口向父母拜寿，结果不到几天，薛英夫妇就相继病死。所谓"白虎当头坐，无灾必有祸，真白虎开口，无有不死"。在叫死爹娘后,他不事生产,日日呼朋引伴跑马射箭,"把巨万家私、田园屋宇,弄得干干净净",竟至如叫花子般,住在丁山脚下的破窑里。这乃是标准的逆子行为。

薛仁贵亦是典型的恶父,他对儿子薛丁山无丝毫的养育之恩,在衣锦还乡时,就莫名奇妙地将他射死。丁山的尸体被黑虎驮走,仁贵也只长叹一声:"可怜,命该如此。"在事后知道真相,妻子柳金花痛不欲生时,他陪着"落了几点眼泪",安慰说:"夫人,不必啼哭,(是)孩儿没福。"当然,父子素未谋面,薛仁贵甚至早已忘记十三年前离家时,妻子已怀孕的事实,我们也很难要求他对薛丁山能有什么父子之情。

但在日后征西时,薛仁贵则进一步显露他恶父的形象。他与唐太宗被困锁阳城,薛丁山以二路元帅的身份前来救援。在薛丁山以王敖老祖的灵丹医好他的镖伤后,他就立刻翻脸,命属下将丁山推出斩首,原因是薛丁山与窦仙童私自成亲,犯了十恶不赦之罪。妻子柳金花及千岁程咬金出面求情,他都全然不恤,到后来非得无上权威唐太宗开金口,他才赦了儿子死罪,但活罪难免,依然将薛丁山拷打四十铜棍。

日后，薛丁山又因三番两次违逆父命，不娶樊梨花为妻，而先后被捆打三十荆条、重打三十皮鞭、重打四十，下落监牢。

薛仁贵与薛丁山的父子冲突

表面上看来，薛丁山屡次受罚，都是因为不尊重父亲的权威所致，但实际上，薛仁贵的父亲权威有着矛盾的内涵。当薛丁山未经父亲做主而娶窦仙童时，薛仁贵责他"好色"。但后来薛仁贵却强迫薛丁山再娶陈金定和樊梨花，一点也没有"好色"的问题。我们可以说，薛氏父子在征西途中的多番冲突，都是因为女人而引起的。薛丁山因为不听从父亲对女人的安排，而遭受严厉的处罚。

有了这个认识，再回过来看薛仁贵在第一次归乡途中的误射薛丁山，可能就具有微妙的象征意义。当他看到在丁山脚下，与他有着射开口雁同样绝技的少年时，想起的可能就是昔日的自己。在后来根据原故事改编的民间戏曲里，有薛仁贵进入破窑，看到床前摆有一双男靴（薛丁山的靴子），而怀疑妻子不贞，意欲杀妻的情节。如果不算太过荒谬的话，我们从这些幽微的线索也许可以假设，与母亲相依为命的薛丁山，已成为薛仁贵和妻子重聚中的一个障碍，只有这个障碍消失（最少是暂时的消失），平辽王薛仁贵才能和妻子过太平日子。日后当薛丁山带着母亲西征，母子一起出现在薛仁贵面前时，薛仁贵除了表示不悦外，更开始三番两次在妻子的面前，为了女人的事情教训儿子。

薛丁山三位妻子的特征

薛丁山先后共娶了三位妻子，第一位窦仙童是玉门关外棋盘山上的草寇，乃一名绝色女子。她见薛丁山生得"面如敷粉，口若涂朱，两道秀眉，一双俊眼"，心生爱慕，遂在沙场上主动求婚："奴家窦仙童欲与元帅成凤鸾之交，同往西凉救驾，不知将军心中如何？"薛丁山不从，窦仙童即抛出捆仙绳，将丁山捆住，押回山寨成亲。

第二位妻子陈金定是锁阳城外以铁锤打虎的女英雄，她面貌黑丑，却孔武有力。薛丁山被西凉国苏皇后逼杀得逃入荒山时，见陈金定正在打虎，叫一声："姐姐救我！"陈金定将死虎照番后头上摔去，番后就跌下马来。薛仁贵见陈金定对子有救命之恩，且是隋朝总兵之后，遂命薛丁山娶她。

第三位妻子樊梨花是寒江关的番女，有沉鱼落雁、闭月羞花之貌，移山倒海、撒豆成兵之术。她见薛丁山美如宋玉、貌若潘安，心中十分欢喜，也在战场上主动求婚："我父兄虽番将，你若肯从议结婚，我当告知父母，一同西征归降，你意下如何？"薛丁山当然也是不从，结果被樊梨花三擒三放，玩弄于股掌之上；随后三次花烛，三次休妻；最后不得不三步一跪，从白虎关跪拜至寒江关，哭活诈死的樊梨花，回营奉旨完婚。

整体说来，这三位妻子不仅个个武艺高强，而且主动进取，相形之下，薛丁山反而显得有点被动依赖。薛丁山对这三位妻子的第一印象都不太好，他骂窦仙童"不识羞的贱人"；对薛仁贵要硬塞陈金定给他为妻，他抗议："这使不得的！"他也骂樊梨花是"不知羞耻的贱人""番邦淫乱之人"。

薛丁山与母亲的关系

薛丁山到底爱不爱这三位妻子呢？要了解薛丁山的人格形貌与情感生活，也许我们应该从他和母亲柳金花的关系着手。书中对薛丁山和母亲的关系着墨不多，但我们可以想见，在偏僻的丁山脚下、半隔离式的破窑中长大的薛丁山，童年时生活周遭只有三个女人：母亲、异卵双胞胎妹妹薛金莲以及母亲的奶娘。用精神分析的术语来说，薛丁山是在女人堆里长大的，他缺乏男性角色的认同对象，而涵摄了过多的女性气质。

另外，在他的心性发展过程中，也因为父亲不在，依恋母亲的性蕾性欲期过度延长，伊底帕斯情结没有得到合理的解决，原欲（libido）遂固结在那里。山中学艺七年之后，他到锁阳城救父，表面上虽然已经二十岁，但带着母亲与妹妹同行的他，却是初次要和父亲共同生活，在心性发展的时间表上，就仿佛是一个稚子与他父亲刚刚要上演伊底帕斯式的父子冲突的好戏。

在儿子来解围救难时，薛仁贵也许有意和儿子取得和解，但薛丁山却像离不开母亲的稚子，将柳金花带到战场上，而柳金花也袒护儿子："妾舍不得孩儿远行，情愿相随。"再加上薛丁山禁不起窦仙童的法术威逼、美色引诱而与之成亲，这些都使得做父亲的薛仁贵再度被触怒，而对薛丁山施以去势（斩首）的威胁。薛仁贵并非在和儿子争夺女人，而是要薛丁山以父亲所允许的方式去和女人

（包括母亲）打交道，要儿子认同父亲的男性性别角色。

在童年生活里为薛丁山所过度依恋、形影庞大的母亲柳金花，在父亲面前成为六神无主、只会流泪哀求的女人；而被迫娶来的妻子，又个个比自己骁勇善战，且为这些女人一再和父亲冲突，这些因素终于使薛丁山走上了弑父之路。薛仁贵在山神庙里现出白虎星原形，薛丁山不知道那就是他父亲，而射死了白虎。这正是一种经过改装的伊底帕斯情结。

母亲的角色被三个勇猛女人所取代

在薛丁山受延搁的家庭三角关系中，母亲的角色已被三个勇猛的女人所取代，其中，救他一命、让他兴起负欠感觉的陈金定，象征好母亲；而美艳动人、引诱他成亲的窦仙童与樊梨花，则象征坏母亲。薛丁山在这三个女人面前，都犹如幼儿般软弱无助。但他对这三个在角色上宛若母亲的女人，似乎并未心向往之，而是难以接纳，因为父亲的命运之箭曾对他施以无情的处罚。

樊梨花虽是薛丁山最后进门的妻子，但却是最重要的妻子。这不仅体现为她在故事里着墨最多，更因为她具有如下特殊的心理象征意义：一、樊梨花与薛丁山的亲事历经重重的波折与考验；二、樊梨花是薛丁山在弑父之后，才正式成亲的妻子；三、薛丁山在与樊梨花洞房花烛之后，一路照顾薛丁山的母亲柳金花才宣布退席，返回故乡。

樊梨花是故事中最美艳、本领最高强也最有争议的女子。她背叛未婚夫、弑父杀兄，而且认了一个年龄与自己相若的义子，乃是薛丁山眼中的"美女"、口中的"贱婢"、心中的"淫妇"。当薛丁山第一次目睹樊梨花的姿容时，心中赞美不已，旋即转念"家有二妻，此心休生"。更何况自己和任何女人的关系，都必须经过父亲的允许。在樊梨花像母亲逗小孩般，将薛丁山三擒三放后，薛仁贵基于现实的考虑，要儿子娶樊梨花为妻，薛丁山虽然抗拒，但并不坚持，他对樊梨花的感情可以说是矛盾的。

第一次洞房花烛夜，薛丁山因樊梨花弑父兄而欲杀之；第二次花烛，薛丁山以同样的理由拒入洞房；第三次则因为樊梨花认了不明不白的义子薛应龙，而欲杀她们母子。这两大理由，在旁人眼中都是"顺应天朝"的表现，并无大碍，但却是薛丁山心中的大疙瘩，我们有特别加以讨论的必要。

樊梨花——取代母亲与父亲地位的女人

　　主动进取的樊梨花，为婚事与父亲发生争执，不慎刺死父亲，接着一不做二不休，连杀两兄。这种行为令薛丁山感到愤怒与惧怖："少不得我的性命，也遭汝手。""见我俊秀，就把父兄杀死，招我为夫，是一个爱风流的贱婢。"被父亲权威压得喘不过气来的薛丁山，面对此一猖狂的引诱者，之所以如此愤怒与惧怖，可能表示他潜意识中的挣扎。因为不久，他终于也走上弑父之路。此时，他只能以厌恶来作自我防卫。

　　樊梨花收薛应龙为义子，横生枝节，但却颇有性的暧昧性。薛应龙原是垂涎樊梨花的美色："娇娇你果有手段，我拜你为母；若输了我，你要做我的妻子。"在打败薛应龙之后，樊梨花居然大大方方地收了这个对自己有性企图的儿子。难怪薛丁山在洞房花烛夜要疑心："见我几次将她休弃，她又别结私情，与应龙假称母子。"接着逼问梨花："贱人还说没过犯，我问你，他年纪与你差不多，假称母子，我这样臭名，那里当得起？"薛丁山的想法可以说是一个陷在伊底帕斯困境中的人的外射作用：两个人表面上母子相称，但背地里可能有不明不白的瓜葛。

薛丁山宁死不娶樊梨花，可以说是对父亲薛仁贵的强烈抗议：父亲远征归来，不分青红皂白就将与母亲相依为命的他射死；见他娶了诱逼他成亲的窦仙童，又不分青红皂白地要将他斩首。如今，父亲却命令他娶这样一个勾起自己童年残梦的女人！

薛丁山最后和樊梨花成就美满姻缘，是在他误射幻成白虎的父亲之后，而母亲也以扶枢归乡为由让出位置来。此一父死母退的安排极具象征意义，薛丁山并非取代父亲的地位，升任征西大元帅的是樊梨花，薛丁山只是帅府参将，"帐前听用"。从精神分析的观点来看，在私底下，樊梨花是薛丁山替代性的母亲；在公开场合，则是他替代性的父亲。他自始至终，都无法成为一个真正成熟的男人。

薛氏父子冲突的缓解

从做儿子的观点来看，薛仁贵、薛丁山、薛刚三代都是逆子：薛仁贵因说话伤父害母，散尽家财；薛丁山屡次违抗父命，并射死父亲；薛刚则因酗酒闹事，间接害死父亲。在重视孝道的中国社会里，编故事者以上苍的安排、命运的作弄来呈现这些严重的忤逆行为，而且明白交代逆子亦受逆子的报应。这也许是为了淡化它的冲击性，逃避意识的检查，但它仍为我们勾勒出缓和父子冲突的一个可能途径。

薛仁贵既是逆子，又是恶父，他在丁山脚下发箭射死自己的儿子。被王敖老祖救活的薛丁山，则在艺成之后到锁阳城救父（及皇帝）。弗洛伊德曾指出，拯救父亲及国王之所以会成为许多诗歌及小说的题材，因为它是儿子在父子冲突中维持其自尊的一种方式。儿子好像在心里说："我并不想从父亲那里得到什么，他给我什么，我就还给他。"救父亲一命等于偿还了对他生命的负欠，这种拯救，保护自尊的成分要重于感恩的柔情。事实上，薛丁山对救父的行动原先表现得并不积极，当王敖老祖告诉他父君被困，要他前往救援时，薛丁山的回答是："弟子承蒙师父相救，情愿在山上修道，学长生之法。"因此，我们若说薛丁山的救父乃是表示儿子在偿还父亲生命的负欠，应该不至于太过荒唐才对。

薛丁山的弑父，就像薛仁贵的杀子一样，被安排成无心之过。这固然可以说是一报还一报，但如同前面所分析的，它们亦代表心性发展过程中，伊底帕斯式父子冲突的重演：父亲惩罚依恋母亲的儿子，而儿子则希望从中作梗的父亲死掉。

弑父之后的薛丁山，罪孽深重，也成了名副其实的逆子。但他以两种方式来弥补他的罪恶：一是他开始做一个好父亲，对四个儿子都相当友善（有趣的是薛丁山四个儿子的名字分别是薛勇、薛猛、薛刚、薛强，而"勇猛刚强"正是薛丁山身为一个男人所缺乏的"心理特质"）。即使薛刚吃酒生事，他也只是担心，而未见严厉的惩罚。一是在薛刚闯祸后，钦差来拿薛丁山全家时，薛丁山束手就缚。当时陈金定曾劝说："我们反了罢！"但薛丁山不从。薛刚虽是逆子，但薛丁山却不愿再做恶父，而宁可从容就死以弥补自己也是逆子的罪过。事实上，被他这个父亲怀疑与樊梨花有亲密关系的义子薛应龙，等于是他的替身，已在战场上被击为肉饼。

最后，薛刚三扫铁丘坟（埋葬薛氏满门的坟地），向父亲悔过，打破了父子冲突的恶性循环。

产生伊底帕斯情结的社会条件

在以精神分析观点对薛氏父子的传奇故事作如上的分

析后，我们马上就又面临了下面两个问题：一、伊底帕斯情结适用于中国文化吗？二、由一堆文字堆砌而成的虚构人物薛丁山，真的有伊底帕斯情结吗？

如前所述，弗洛伊德认为伊底帕斯情结具有文化上的普遍性，它是人类种系发生的遗产，但这种看法可能稍嫌武断。一些左翼精神分析学家如赖希（W. Reich）、莱因（R. D. Laing）等人，因受马克思主义的影响，倾向于从社会经济及家庭结构方面来看这个问题，而认为即使有伊底帕斯情结，那也是父系——资本主义社会——核心家庭这种制度下的特殊产物。譬如赖希就说在父系资本主义社会下，父亲是权威人物，白天外出工作，留下妻子在家照顾儿女。大多数家庭生活困苦，全家挤睡在一间斗室内（指 19 世纪及 20 世纪初年的景况）。夫妻丧失了他们正常的私生活，欲求不满的妻子遂转而去关注自己的儿子，在搂抱怜爱中对失去的夫妻关系作一种悲哀的模仿。年幼的儿子沉醉在母亲的柔情中，但他终将发现这种情感是社会所禁止的。在鼓励与禁止的冲突中，儿子遂陷入伊底帕斯情结的困境中。小说家劳伦斯与他母亲的关系正具有这样的特点，他的长篇小说《儿子与情人》就是描写这样的母子关系。

一些人类学的调查研究，也为伊底帕斯情结的普遍性打上个大问号。譬如马林诺斯基（B. Malinowski）所调查的南太平洋特罗布里恩岛人（Trobriand islanders），他们的家庭接近于母系社会的结构，而且不像文明社会有那么多性禁制。儿童的性探索及性行为不仅不受禁止，甚至受到鼓励。虽然他们也有乱伦禁忌，但却少有弗洛伊德所说的伊底帕斯情结及精神官能症。特罗布里恩人儿子生活中的权威人物并非父亲，而是母舅；儿子反抗的也是母舅而非父亲。有趣的是，如果儿子做了类似伊底帕斯式的梦，那么在梦中出现的敌手也是母舅，而非弗洛伊德所说的会自动调整成父亲。

薛丁山个人特殊的成长环境

晚近的精神分析学家已用较具弹性的尺度来赋予伊底帕斯情结以新义，基本上认为它可能存在，但却因人而异，而它也绝非什么科学的真理。如果我们能采纳这种观点，那么对伊底帕斯情结能否适用于中国文化就可以有更清晰的思考方向。大体而言，在中国过去的官宦之家或上流阶级，儿子与母亲的关系并不是很亲密，儿子通常是由奶妈哺乳、带大，他跟母亲维持的是"晨昏定省"的礼节，这样的母子关系显然不是产生伊底帕斯情结的理想温床。但从薛氏父子传奇故事的内在结构与内在逻辑来看，薛仁贵长年征战在外，薛丁山与母亲柳金花在破窑里相依为命，这倒是颇为符合诱发伊底帕斯情结的父系社会核心家庭情境的。

但薛丁山毕竟是个虚构的人物，像前文这样把他当作一个活生生的人，大谈他的童年生活、他的性角色认同、他的爱与恨、他的伊底帕斯情结，不是很荒谬吗？精神分析基本上认为，文学作品中的角色乃是作家丰饶心灵与敏锐洞察力的外射，而作家又是读者乃至社会大众心灵的代言人，因此，分析故事中诸角色的心灵，等于是在尝试勾绘出作家及读者的心灵样貌。质问"薛丁山真的有伊底帕斯情结吗？"也等于是在问："我们的成长过程如果跟薛丁山类似，是否会有类似薛丁山这种恨父恋母的阶段？我们对薛丁山的遭遇，是否能有发自内心的一种同情的了解？"

当然，笔者所能提供的并非科学真相式的分析，而是哲学意义式的解释，这也是当今以精神分析来从事文学批评工作时的主要功能。它要提供的是人类心灵样貌的丰富与感动，而非诊断与治疗。

从《末代皇帝》想到的几句感言

笔者以精神分析学说来诠释此类的中国古典小说或民间故事，基本上是想开另一扇窗，丰富中国古典文学的内涵。就像贝托鲁奇（B. Bertolucci）将伊底帕斯情结引进电影《末代皇帝》中，诠释溥仪人生悲剧性的一面，是为了增加感动，而非制造荒谬（但贝托鲁奇也意味深长地告诉我们，溥仪伊底帕斯情结对象是他的奶妈，而非生母）。虽然它多少是从西方的悲剧观点来叙述，但如果我们能借他山之石以攻错，用西方的理论架构来拆解、诠释中国的古典小说，我们就不难发现，里面其实也有着与西方一样甚至更深邃的悲剧内涵。

众神喧哗：
《封神榜》中的魔法与命运

　　《封神榜》跟描述希腊早期历史的《伊利亚特》类似，里面充满了"诸神的声音与争辩"。这些声音与争辩，其实就是自我意识的投影。

　　神仙和妖怪所具有的法宝与法术，乃是来自"企图利用控制心理作用的定律来操纵真实事物"的魔法思想。

　　"一则是成汤合灭，二则是周国当兴，三则神仙遭逢大劫，四则姜子牙合受人间富贵。"国家与个人的命运冥冥中已有定数，是全书最固实的骨架。

　　"本质先于存在"与"不可违逆"的命运观，是一种右倾的意识形态。它倾向于强调社会规范与维持既有体制，在传统中国得到了孳生的沃土。

《封神榜》的历史位阶

在中国的历史演义小说里，《封神榜》是相当突出的一部，也是笔者少年时代最早接触、最沉迷于其中的"野史"之一。当时因童心未泯兼且阅历有限，觉得《封神榜》比《三国演义》有趣多了。以传统的文学品味来衡量，《三国演义》与《封神榜》当然有着天壤之别，《封神榜》不仅文字拙劣、漏洞百出（譬如在第一回里，纣王就用"毛笔"在女娲庙"题诗"），更涉神怪，令鸿儒摇头，硕彦皱眉，有识之士不忍卒读。但《封神榜》与《三国演义》同为野史小说，这种根据正史来演义、终至偏离正史的说部，其文句是否典雅、结构与内在逻辑是否严谨，恐怕都是次要的问题。它更重要的目的，似乎是在揭示庶民阶级对朝代兴亡及人世沧桑的一些看法。本文即尝试从这个角度来剖析《封神榜》。

庶民阶级对朝代兴亡及人世沧桑的看法，有其不变的本质，也有进化的形貌。《封神榜》跟《三国演义》及大多数流传至今的演义小说一样，都是成书于元末及明代的两三百年间，但它们诉说的却是绵延两千多年的历史。同一时代的作者走进不同阶段的历史中，尝试捕捉不同时空下的人事与观念，历史的结构是大家所共认的唯一参考坐标，但他们所用的除了故事中人物应有的历史位阶外，还有作者个人的心灵位阶。

在依历史位阶而重新排列的历史演义小说中，《封神榜》的排名即使不是第一，也是第二的。作为民间中国历史的龙头，它所描述的不仅是"人间的兴亡与干戈"，还包括"诸神的争吵与倾轧"，两者杂然并陈，也因此而常被视为神怪小说。

符合历史的心灵位阶

但神话乃是最早的历史。描述希腊早期历史的《伊利亚特》（*Iliad*）史诗，里面同样充满"诸神的声音"。当然，《伊利亚特》的成书最早部分可溯自公元前11世纪；《封神榜》说的虽是公元前11世纪的中国历史，但却成书于公元十五六世纪。我们很难说它是作者刻意对历史的回归，真要回归历史，书中就不应出现文房四宝这类东西。因此，除了客观的历史位阶外，还需考虑作者心灵位阶的问题。

同一时代中的不同族群，有着不同的心灵位阶。在16

世纪，当欧洲人进入理性意识时期时，澳洲的土人仍处于无意识状态，而美洲的阿兹特克人似乎还在梦游状态中。同一个社会中的不同人，也有不同的心灵位阶。拿《三国演义》的作者罗贯中和《封神榜》的作者陆西星来作个比较，从这两本书的用词遣字、内在逻辑观之，我们可以发现陆西星的思想、情感、才情与见识等，似乎都不如罗贯中，亦即陆西星的心灵位阶较低，其意识恐怕是处于较拙朴的状态。这种拙朴的心灵中残存着远古时代的神怪、魔法、命运等超自然的观念。

因此，从人类意识与思想发展史的观点来看，陆西星刚好歪打正着，他让神力介入商纣与周武的争霸中，比起聪明的现代人让爱情介入夫差与西施的生活中，是更符合历史写实主义的。他花大量的笔墨来描述神怪、魔法与命运，可以说是"忠实"地呈现了公元前11世纪的历史真貌。

部落的冲突与诸神的争辩

研究意识发展史的杰尼斯（J. Jaynes）指出，自我意识——即晓得"我乃是以自己的思想和情感而成为一个独特个体"的想法，其出现的历史比埃及金字塔还要短。在历史文明的婴儿期，人类的自我意识尚未成熟，浮现于脑中的想法往往被解释成"神的声音"，而部落间的冲突也很自然地被认为是"诸神间的争辩"。如果我们能站在此一历史位阶与心灵位阶上来重看《封神榜》，也许可对它产生较深刻的理解。

《封神榜》说的虽是纣王荒淫无道、姬发吊民伐罪、灭商兴周的一段历史，但却以纣王至女娲宫进香，瞥见帐幔中现出女娲的美丽圣像，"神魂飘荡，陡起淫心"，作诗亵渎神明，"获罪于神圣"，女娲怒而指派"轩辕坟中三妖"（附身于苏妲己身上的九尾狐狸精即是其中之一）惑乱宫廷来拉开序幕的。神力在一开始就介入了这场纷争。

接下来的是众神喧哗、中原鼎沸。在人间，殷商与西周由小规模的冲突而终至爆发大战；在天上，则是截教与阐教的时生龃龉而彼此撕破脸的对决。截教支持殷商，而阐教则辅佐西周，两教纷纷派遣高人下山助阵。事实上，殷商与西周打的乃是截教与阐教间的"代理性战争"，人间干戈的扩大乃是这些神仙"犯了一千五百年的杀戒""诸神欲讨封号"。

自我意识与"神的声音"

　　除了部落间的冲突外，个人自我意识的冲突也被视为"诸神间的争辩"。譬如纣王的两个儿子殷郊、殷洪，因妲己害死他们的母亲姜皇后，怒而反抗。纣王欲将他们处死，结果被广成子、赤精子救上仙山学艺。殷洪要下山时，赤精子送他宝物，嘱咐说："武王乃仁圣之君……吊民伐罪……灭独夫于牧野，你可即下山，助子牙一臂之力。"但在途中遇到赤精子师弟申公豹，背叛阐教的申公豹又唆使他："你乃成汤苗裔，虽纣王无道，无子伐父之理。况百年之后，谁为继嗣之人？"殷洪遂被申公豹一番言语"说动其心"，改而投奔殷商阵营。助周灭商以报杀母之仇与助商灭周以维宗庙社稷是殷洪心中的天人交战，这种"自我意识的冲突"在故事里被描述成两位仙人对他的指点与教诲。就像《伊利亚特》中的阿喀琉斯（Achilles），一个神要他答应不参战，另一个神却催促他上战场，"两个神明的声音与游说"其实代表的是古人"两个内在声音（想法）的矛盾与冲突"。

人有善恶之分，神也有正邪之别。以通天教主为首的截教是邪，商纣是恶；而以太上老君及元始天尊为首的阐教是正，周武王是善。这场天上人间的正邪冲突与善恶相争，其结局自不待言。值得注意的是，在商纣灭亡、周武王登基（被推为共主）后，"敕书封神"与"裂土封侯"是相互平行的两件大事（第九十九回《姜子牙归国封神》与第一百回《武王分封列国诸侯》）。周武王对生者论功行赏，以之保疆卫土；姜子牙则对死者（包括神仙及凡人）依品封诰，用以护国安民。"仙神人鬼从今定，不使朝朝堕草莱。"此后神仙即退居幕后，不再直接参与人间的争端。《封神榜》之后的演义小说，如《东周列国志》《西汉演义》等，神仙已很少再出现，即使有也是神龙见首不见尾，成为一个旁观者。继《伊利亚特》之后的希腊史诗《奥德赛》（*Odyssey*）也有这种现象。我们可以说，它象征着人类自我意识发展史上的一个重要分水岭。越过这个分水岭，人类即开始以他日渐成熟的自我意识，从事自我认同与自我追寻的旅程。

　　"封神"代表的其实是"封而遣之"，此后诸神对国家兴亡与人世沧桑只是名誉顾问，不再具有实权。

惑人的血肉：魔法

在以人类意识发展史的观点重新赋予《封神榜》一个生命后，接下来就让我们来剖析它的血肉和骨架。作个牵强的比喻，笔者觉得魔法好像它惑人的血肉，而命运则恰似它固实的骨架。笔者少年时代读《封神榜》，惊骇于它惑人的血肉，觉得它是个鲜活的魔法故事；现今重读，却已懔然于它那固实的骨架，认为它其实是个沉郁的命运故事。但不管是魔法或命运，都和神仙有关，我们就先从魔法谈起。

在《封神榜》里，有两种人具有魔法，一是神仙和妖怪，一是这些神妖的门徒。魔法粗略可分为以下两大类：

一是法宝，指的是由人操作而具有神奇力量的器物。譬如姜子牙的打神鞭、哪吒的乾坤圈、魔家四将的混天伞、土行孙的捆仙绳、殷郊的番天印、赤精子的太极图和元始天尊的三宝玉如意等。这些法宝原都藏在名山洞府，是神仙的所有物，经由辗转赠借，而出现在战场上。法宝虽多，反映的却是"异人而后有异宝"此一单纯的传统信念。这些法宝就像阿拉丁神灯及其中的巨人，当拥有者念动真言后，就会变大，并受主人遥控，随他的意志而行动。但无生命的法宝显然只具有魔性而无灵性，它是不念旧的。譬如殷郊的番天印原为其师广成子所赠，但当殷郊违背师训，投奔商纣阵营时，广成子下山教训弟子，殷郊祭起番天印，番天印即对广成子照打不误。广成子着慌，只能借纵地金光法逃走。

另一是法术，指的是由人施为而具有神奇力量的技术。譬如殷商大将张桂芳具有一种法术，在两军交兵会战时，他口呼："某某不下马更待何时！"某某即乖乖下马，束手就擒。黄飞虎和周纪都是这样身不由己，跌下马来。借草人施法，则是大家所熟知的另一种法术。在第四十四回，殷商阵营里的截教门人姚斌，在落魂阵里"设一香案，台上扎一草人，草人身上写姜尚的名字。草人头上点三盏灯（催魂灯）足下点七盏灯（促魄灯）"。姚斌每天在其中披发仗剑，步罡念咒，"连拜了三四日，就把子牙拜得颠三倒四，坐卧不安"。

而到了第四十九回，西周阵营里的阐教门人也以其人之道还治其人之身，姜子牙在陆压的指导下，也在营内筑台扎一草人，上书"赵公明"三字。作法二十一日后，以三支桃箭分射草人双目及心脏，赵公明即"死于成汤营里"。这些法术尽管诡异，反映的也是"异人而后有异术"的传统信念。

魔法思想：来自心理因果律的意图

神仙和凡人不同的地方，是他们有这些法宝和法术。凡人斗力，仙人则斗法。如果我们说，"诸神的声音"代表的是人类意识发展史上尚未成熟的自我意识，那么"诸神的法宝和法术"代表的则是人类思想发展史上较为原始的魔法思想。

人类学家泰勒（E. B. Taylor）说，"魔法原则"是"对一件真实事物的错误联想"。另一位人类学家弗雷泽（J. Frazer）更进一步指出，"魔法的本质"是"人们将自己的理想次序误认为即是自然界的次序，于是幻想经由他们思想的作用即能够对外在事物作有效的控制"。精神分析学家弗洛伊德则从心理学的观点说，"魔法的意图"是"企图利用控制心理作用的定律来操纵真实事物"。

《封神榜》里的法宝和法术，正具有这样的原则、本质和意图。譬如土行孙所用的捆仙绳，平时藏在怀里，看来只是一条普通的绳子。但只要念动真言，祭起空中，经由"思想的作用",就能对它作"有效的控制"。捆仙绳会飞、会变长变粗,如影随形,直至捆住对方。绳子虽可以捆人,但只要将它抛出,它就能自动捆住对方,却是一种"错误的联想"。

"草人法术"也如出一辙。用草扎成一个与人相似的形状,上面标识出敌人的特征,譬如名字、生辰等,然后作法,以残暴的方式对待草人,则对草人某一部位的伤害,就会如数地发生在敌人身上。姜子牙用桃箭去射草人的左眼,成汤营里的赵公明就大叫一声,把左眼闭了。

依然残存于心灵深处

这种魔法思想至今仍普遍存在于蛮荒的原始部落里,甚至当今的中国台湾地区还有它的残迹。法国小说家纪德(A. Gide)在他的《刚果之行》里说,当地黑人认为自己的名字具有神秘的本质,凡生病的人在痊愈以后就必须改名,表示生病的那个人已经死了,现在活着的则是健康的"新人"。有一位行政官不知道这种风俗,某天到某村查户口,他用原来的名字叫唤一个女人,那个女人听到自己的旧名字,忽然同死了一般倒在地上。因恐怖而吓昏的她,好几个钟头后才醒过来。这与张桂芳呼叫"某某不下马更待何时！"简直是半斤八两。

在中国台湾传统的"收惊"（收魂）仪式里，除了需准备病人日常穿着的"衣衫"外，还要扎个"草人"做病人的替身。然后由法师作法，将病人四处飘荡的魂魄收回，依附于草人身上，再将魂魄"灌进"病人体内。这种仪式跟姚斌与姜子牙对"草人"施法，虽然目的不同，但却来自同样的思维。

弗洛伊德认为，"艺术是最后的魔法"。在小说里，作者操纵文字，写出自己或大家想望的情事来。《封神榜》可以说是以魔法来呈现魔法思想的一本书，但这种魔法思想并未像诸神一般在后期的演义小说里消失（《三国演义》里的诸葛亮和《大明演义》里的刘伯温，仍然具有某些魔法），显然它是一种比神仙更根深蒂固的观念。

固实的骨架：命运

在《封神榜》里，命运是比魔法更深刻的一个主题。命运也可分为两大类，一是国家的命运，一是个人的命运：

商朝为什么会灭亡？《封神榜》虽也花了不少篇幅来

描述纣王荒淫无道、众叛亲离等情事，但这似乎只是表象的原因。更实质的原因则是"成汤大数已去"，亦即在书中一再通过神仙之口所说出的："一则是成汤合灭，二则是周国当兴，三则神仙遭逢大劫，四则姜子牙合受人间富贵，五则有诸神欲讨封号。"位阶较高的神仙还一眼就看出此一"天数"的"细部计划"。譬如女娲娘娘被红光挡住云路，"因往下一看，知纣王尚有二十八年气运"。而云中子也在朝歌宫墙上题了一首预言诗："要知血染朝歌，戊午岁中甲子。"

国家的命运如此，个人的命运亦复如是。姜子牙欲下山时，元始天尊送他八句钤偈："二十年来窘迫联，耐心守分且安然。磻溪石上垂竿钓，自有高明访子贤。辅佐圣君为相父，九三拜将握兵权。诸侯会合逢戊甲，九八封神又四年。"结果分毫不爽。文王姬昌也善于用易经占卜，当纣王召他速赴都城时，"起一易课"，即知此去"多凶少吉，纵不致损身，该有七年大难"。到了朝歌后，他替费仲、尤浑两位奸臣算命，说他们"死得蹊蹊跷跷，古古怪怪"，"被雪水潒身，冻在冰内而死"。结果也都一一应验。其他如闻太师的命丧绝龙岭，土行孙与邓婵玉的系足之缘等，举凡个人的生死祸福、际遇穷达、婚姻钱财等均属

"前定"的说辞，在《封神榜》里可说是"罄竹难书"。

自然因果律与心理因果律

以命运来解释朝代的兴衰与个人的际遇，可以说是一种心理因果律的运用。人类对宇宙万象的解释，有两种方法：一是自然因果律，亦即现代人所熟知的科学观点；另一则是心理因果律，它是指利用两件事物间的象征意义，在心里产生一个理想的次序，并认为此一理想的次序即是自然的次序。譬如认为一个人五官的结构或掌纹的结构反映他生命的结构或婚姻的结构等。古人常以心理因果律来解释自然与人事，而文明的进展即是心理因果律（超自然的观点）逐渐让位给自然因果律（科学观点）的历史。

但自然因果律有它的漏洞。譬如在中国历史上比纣王更荒淫无道的昏君所在多有，但却不见得会亡国；像姜子牙这样才德兼备的高人也所在多有，但却很少像他这样蹉跎青春的。为什么商纣会在"戊午岁中甲子"亡国？为什么姜子牙会在九十三岁才拜将？显然还有别的原因——那就是老天的意旨、天数、命运。这种推论虽纯属心理作业，但却使很多宇宙及人事上的疑难迎刃而解。这也是心灵拙朴的庶民阶级惯用的解释模式，它大量出现于《封神榜》这种小说中，是一点也不足为奇的。

谁能窥探天机？

但命运是个很复杂的问题。国家的命运与个人的命运相因相成，自己的命运又和他人的命运相生相克，彼此纠缠成一个极为庞杂的网络，或者说是一个至大无形的天机，一般人根本就摸不着边。不过有一类人却得以窥探天机，譬如姜子牙、闻太师、姬昌、云中子、元始天尊、太上老君等。而他们窥探天机的模式与程度正反映了"真人而后有真知"的传统信念。姜子牙、闻太师与姬昌等"半神半人"或"半圣半人"者，只能借占卜来窥探天机，而且他们所探得的是层次较低的人间小休咎。譬如姬昌虽知道自己有"七年大难"，却不能参透灭纣而王天下的就是他的儿子姬发这种大事。神仙则是未卜先知的，而且技高一筹，像女娲娘娘一眼就看出"纣王尚有二十八年气运"。

对命运或天机的参透力，反映了一个人超凡入圣的程度。更高层次的天机，只有更超凡入圣者才能参透。但最重要的是要获得有关命运的"真知"，不管是全部的知识或局部的知识，他必须先是个"真人"。这也是为什么现代人宁可花更多钱，让看起来仙风道骨的命相师算命，而不愿意让根据同一原理做成程序的计算机算命的原因。

关于命运的一场争辩

命运是不可违逆的。女娲娘娘在纣王题诗亵渎后，愤而前往朝歌欲兴师问罪，但被红光挡道，在知道纣王"尚有二十八年气运，不可造次"后，"暂行回宫，心中不悦"。截教的通天教主明知"成汤合灭，周国当兴"，却因受激而助商伐周，逆天而行，结果门人俱遭屠戮。过惯闲云野鹤生活的姜子牙原本不欲下山，元始天尊板起脸孔教训他："你命缘如此，必听于天，岂得违拗？"

在西周大军东征前夕，清虚道德真君知道爱徒黄天化命运不长，面带绝气，却不敢说破。他心中不忍，只能对黄说一些暗藏玄机的偈语，希望他能避开厄运。无奈天命难违，黄天化还是身不由己地奔向他的绝命之所。

第十一回《羑里城囚西伯侯》一节，可以说是一场有关命运的大争辩。文王在应纣王之召前往朝歌前，自己卜知"该有七年大难"，一路谨言慎行。纣王本欲放他归国，谁知在归国前夕与费仲、尤浑纵饮，稍为松懈，而泄露了费、尤两人"冰冻而死"及纣王"不能善终"的天机。第二天醒来，"自觉酒后失言"，认为"吾演数中，七年逃灾，为何平安而返？必是此间失言，致有是非，定然惹起事来"。纵马欲行，却被纣王圣旨拦下。

纣王指着姬昌的鼻子说："你道朕不能善终，你自夸寿终正寝……朕先教你天数不验，不能善终！"传旨欲将姬昌推出午门枭首，但却被众臣拦阻，要求先来个"实验"：命姬昌当众"演日下吉凶"，"如准，可赦姬昌；如不准，即坐以捏造妖言之罪"。于是姬昌取金钱一晃，卜出"明日太庙火灾"。纣王将姬昌暂下图圄，并传旨太庙守官仔细防范，亦不必焚香。结果到了明日午时，"只听半空中霹雳一声……太庙火起"。众人大惊，纣王无奈说："昌数果应，赦其死罪，不赦归国；暂居羑里，待后国事安宁，方许归国。"于是姬昌在羑里被囚了七年，应了他对自己命运的预卜。

右倾意识形态的命运观

这场命运的大争辩告诉我们，人算不如天算。就像陆

— 159 —

西星在书中的旁白："老天已定兴衰事，算不由人枉自谋。"为什么命运难以违拗呢？这虽然只是陆西星乃至广大庶民阶级的想法，但却反映了一种消极、保守的意识形态。一个人在此尘世的穷达荣辱、生死祸福乃至一饮一啄，"率皆前定"，个人的"存在"只是显现命运的"本质"而已。我们可以发现，这是一种"本质先于存在"的哲学观（20世纪的存在主义刚好相反，是"存在先于本质"的）。而前节所说的"异人而后有异术""真人而后有真知"，也都是"本质先于存在"的（你要先具有"真人"的本质，然后你说出来的话就是"真知"）。它们前后呼应，形成一个牢固的哲学网络。

照普林斯顿大学汤姆金斯教授（S. Tomkins）的分类，"本质先于存在"乃是一种"右派"的哲学观。它有着右倾的意识形态，倾向于强调社会规范与维持既有体制。如果大家都认命，做皇帝的继续做皇帝，当顺民的继续当顺民，作威作福是命，受剥削凌辱也是命，大家各守本分，天下自然太平无事。

《封神榜》说的虽是武王灭纣，"颠覆既有体制"的故事，但这绝非"革命"，而是顺应"老天的意旨"。因为商纣气数已尽，而武王乃是真命天子（又是一种"本质先于存在"的观念)。因此，整本书所涉及的命运问题，可以说是利用心理因果律来维系既有的社会体制，至少有维系明朝既有体制的功能（在演义小说里，朱元璋正是一个奉天承运的真命天子）。但此一功能可能不是作者陆西星刻意为之的，而是在古老中国这个君权至上的超稳定结构里，不可违逆的命运观得到它滋生蔓延的沃土，《封神榜》只是从这片沃土中长出的一朵奇葩而已！

一个文字魔法师的命运

剖析到最后，《封神榜》中的众神喧哗、魔法与命运，竟变成一个涉及意识形态的大问题，这实在是数天前笔者重读《封神榜》时始料未及的。我无法像《封神榜》中的神圣，在未下笔前，就已参透出本文命定的结构，所以写来东拉西扯，芜杂异常。但作为一个文字魔法师，笔者最大的心愿是尝试以自己现在的心灵位阶去重新诠释少年时代所迷恋的某些古籍，赋予它们以新貌。

《封神榜》是先人所留下来的文化遗产。一般人常从文学观点来衡量它，觉得它没有什么价值，因此也一直难登大雅之堂。面对这样的文化遗产，我们若不想抛弃它，就必须从文学以外的观点来诠释它，丰繁它的样貌。笔者是文学界外围的捡破烂者，安分守己地做这种工作恐怕就是我的命运吧！

罪与罚：

《包公案》中的欲望与正义

　　越正直的人，思及坏人堕落的深度，就越义愤
填膺。但事实上，坏人的堕落通常没有他们想象的
那么丰富与深邃。

　　色欲当头下，女人只有贞妇与淫妇两种，贞妇
自己死于非命，而淫妇则让丈夫死于非命或惨遭其
他祸害。

　　在三十六个利欲案件中，有十八个案例的侦破
都用到包括天启、魔法、冤魂显灵、占梦、托梦等
在内的第三种知识。

　　包公"日理阳世，夜断阴间"，但地狱的最后审
判，不只包括正义的追讨，更含有无穷恨意之追讨
的成分。

历久弥新的罪与罚

在民间，包公是一个家喻户晓，代表正义的原型人物，依附于他而产生的民间传奇《包公案》则是一组有着侦探趣味、伸张正义的故事。在这些故事里，正义所欲追讨的乃是"出轨的欲望"，这使它具有了令人感到震惊、魅惑与反省的永恒主题——罪与罚。

作为一种表达思维、发抒情感的工具，《包公案》中的案件是真是假？是否都是包公所破？包公是否真的是断案如神的青天？这些都是次要的问题（"包公"事实上只是编故事者心理的外射而已）。因为在作者和读者心中，它们都只是欲望与正义、罪与罚的符号，重要的是这些符号所欲传达的讯息，它们才是历久弥新的，就像穿越历史时空的长喟，里面隐含着来自汉民族胸中丘壑起伏与心头块垒纹路的回音。辨认这些起伏与纹路是一件有趣的事，因为它们多少刻画着一个族群暴露在欲望与正义的十字路口时，内心普遍的心思。

世人心中的罪恶系谱

在正义登场之前，《包公案》所说的其实是欲望出轨的故事。笔者所根据的《绣像龙图公案》（同治甲戌年孟春重新镌，姑苏原本）共计五卷一百则（坊间的《包公案》则只有五十七到六十则），稍加分类可以发现，其中涉及色欲者四十六例，涉及利欲者三十六例，涉及仇怨者只有三例，因世间不平而在阴间告状者反倒有十一例（传说中的包公是日理阳世，夜断阴间）。

这个比例反映的恐非现实世界的罪恶舆图，而是世人心中的罪恶系谱，由单纯仇恨等攻击欲望引起的罪行在这里被淡化了，受到凸显的则是色欲与利欲这两种甘美欲望的出轨。

但《绣像龙图公案》强调这两种足以熏心的欲望，似乎并非像精神分析所说，是想借此提供读者替代性的满足（通过阅读而在心里犯了那种罪），相反地，它所欲灌输给读者的则是强烈的幽暗意识与忧患意识。因为读者在阅读时，常会不自觉地仿同故事中的主角，而这些主角都是被害者，是他人恣纵欲望的凌虐对象。

以下，就先让我们根据欲望出轨与正义追讨的形态，来展读《绣像龙图公案》中令人忧惧的罪恶系谱。

关于色欲的幽暗意识

俗谓"万恶淫为首"，关于色欲，《牙簪插地》一案正可作为其幽暗意识的代表。包公年轻时任南直隶巡按，有一位八旬老翁私通族房寡妇，寡妇之小叔屡次微谏不听，具状告于包公。包公暗忖："八旬老子，气衰力倦，岂有奸情？"拷问老翁与寡妇，都说"没有"。包公为此忘餐纳闷，其嫂汪氏询之，他遂将这场词讼告嫂。"汪氏欲言不言，即将牙簪插地，谕叔知之，包公即悟。"于是随即升堂，严刑拷打老翁与寡妇，结果两人终于将"通奸情由，从实供招"。

包公见嫂将牙簪插地，悟出的是什么大道理呢？评批《绣像龙图公案》的听五斋先生说，此谓"男女之欲必至死地而后已"。我想很多读者在听了这种解释后，仍然是满头雾水，莫名其妙。以妇女束拢头发的牙簪插地来象征"色欲死而后已"，比精神分析以"上下楼梯"来象征性交更加隐晦，但贞静贤淑的汪氏却能想出这个象征，而正义凛然的包公更是一点即悟，这多少表示，好人对色欲似乎具有特别敏锐的执念。

对出家人深沉的怀疑

就好像西方中古世纪教会中的圣人，以其担忧的想象描绘各种罪恶的性行为姿势，而逼问来告解的教友是否犯了这些不可告人的罪一样，越正直的人，思及坏人堕落的深度，就越义愤填膺。但事实上，坏人的堕落通常没有他们想象的那么丰富与深邃。

这就是笔者所意指的色欲的幽暗意识：欲望是强烈而可怕的，自己（好人）勉力以仁义道德来压制它，而意志薄弱的坏人必然是男盗女娼。这种微妙的心理乃是精神分析所说反向作用（reaction formation）与外射作用（projection）的产物。

在涉及色欲的四十六个案件中，有九件是和尚所犯，比例算相当高。照理说，出家人是清心寡欲的，但《绣像龙图公案》里的出家人却是"小僧与娘子有缘，今日肯舍我宿一宵，福田似海，恩德如天"。（《阿弥陀佛讲和》）还有"（他）原是个僧人，淫心狂荡"（《烘衣》）。这也是幽暗意识在作怪：色欲是如此强烈而可怕，在这方面得不到发泄的出家人，必然会因此而做出伤天害理的事来。结果，《绣像龙图公案》里就充满了"性致勃勃"的出家人。

但这种幽暗意识是不便明言的，就像汪氏只能以牙簪插地做暗谕，来让包公了解，《绣像龙图公案》的作者也巧妙地以两类案例来呈现他（或者替大家说出）对此的忧患。这两类案例是我们非常熟悉的，一是谋杀亲夫，一是试妻，兹分述如下。

色欲的忧患意识之一：杀夫

《白塔巷》一案说包公一日从白塔巷前经过，听到妇人阿吴对亡夫刘十二的哭声，"其声半悲半喜，并无哀痛之情"。包公怀疑那丈夫"死得不明"，派仵作陈某起棺检验。陈某查无伤痕，认为病死是实。包公不信，要他再查个明白。陈某回家忧闷，其妻阿杨建议他查看死人鼻中，结果发现刘十二鼻中"果有铁钉两个"，包公遂将阿吴上刑审问，阿吴招供"因与张屠通奸，恐丈夫知觉，不合谋害身死情由"。但故事并未就此结束，包公在知道查看死人鼻中的灵感是来自陈妻阿杨，而且阿杨乃再婚之妇人时，亦对阿杨的前夫"起棺检验"，结果亦有"二钉子在鼻中"，于是一举连破两桩谋杀亲夫的大案。

听妇人的哭声即能从中产生她可能谋杀亲夫的联想，除了在神化包公的慎谋能断外，更是要彰显前述对色欲的幽暗意识与敏感执念。而仵作从妻子处得到的灵感，跟包公从汪氏处得到的暗谕有异曲同工之妙，但这次要传递的乃是忧患意识：妻子的欲望出轨，会使做丈夫的大祸临头！

淫妇让丈夫死于非命，贞妇自己死于非命

在《绣像龙图公案》里，一共有四个妻子因红杏出墙而谋杀亲夫的案例（《白塔巷》《临江亭》《龙窟》《壁隙窥光》）。《临江亭》里的一句话："古云家有淫荡之妇，丈夫不能保终。"道出了传统男权社会里丈夫心中的忧患。但即使妻子并非淫荡之妇，因为她貌美受到他人觊觎，而祸从天降，让自己死于非命的也有四例（《黄叶菜》《厨子做酒》《岳州屠》《狮儿巷》）。

不过，《绣像龙图公案》里也有几个贞妇。所谓贞妇，是在他人的欲望要对自己图谋不轨时，必须严加抗拒、咬舌自尽或被对方杀死的女人，这有六例（《阿弥陀佛讲和》

《嚼舌吐血》《咬舌扣喉》《三宝殿》《绣履埋泥》《三官经》）。

整体看来，在充满男性观点的《绣像龙图公案》里，色欲当头下，女人只有贞妇与淫妇两种，贞妇自己死于非命，而淫妇则让丈夫死于非命或惨遭其他祸害（譬如《阴沟贼》里的破财、《招帖收去》里的官司缠身）。在《招帖收去》一案里，包公说："（她）既系淫妇，必不肯死，虽遭打骂，亦只潜逃。"这又是幽暗意识在发作，不死的淫妇是多么地令人感到忧惧啊！

色欲的忧患意识之二：试妻

《绣像龙图公案》里唯一杀妻的男人是《死酒实死色》里的张英，但他却是先下手为强。原来张英赴任做官，夫人与珠客邱某通奸，张英回家"见床顶上有一块唾干"，知是某男人留下的，遂暗中逼问婢女，得知奸情，乃将婢女推入池中溺死，复闷不吭声将夫人推入酒埕浸死，又巧计将邱某入罪，由包公审谳，而包公在查知真相后，竟对张英从轻发落——"治家不正，杀婢不仁，罢职不叙"。听五斋先生对此案的批评是："张英之疑，是亦学问。"

怀疑与试探妻子的贞节在中国民间故事里是一门大学问，前有"庄周试妻"，后有"薛平贵戏妻"，但真正将这种忧患意识发挥到极致的当推《试假反试真》这个案例：

　　临安府民支弘度痴心多疑，娶妻经正姑刚毅贞烈，但弘度不放心，问妻道："你这等刚猛，倘有个人调戏你，你肯从否？"妻道："吾必正言斥骂之，人安敢近？"弘度又问："倘有人持刀来要强奸，不从便杀，将如何？"妻道："吾任从他杀，决不受辱。"弘度又问："倘有几人来捉住成奸，不由你不肯，却又何如？"妻道："吾见人多，便先自刎以洁身明志，此为上策；或被其污，断然自死，无颜见你。"

　　但弘度依然不信，过数日"故令一人来戏其妻以试之"，"果被正姑骂去"；但弘度还是难以放下心头巨石，过数日，他又托于某、应某、莫某三名轻狂浪子来考验其妻，三人突入房中，由于、应两人抓住正姑左右手，莫某脱其衣裙，正姑"求死无地"，悲愤交集。在裙裤脱下来后，于、应两人见"辱之太甚"，不禁放手，正姑两手得脱，即挥起刀来杀死莫某，"不忍其耻，亦一刀而自刎亡"。

　　于、应两人驰告弘度，弘度"方悔是错"，但恐岳家及莫某家人知之，必有后话，竟先具状告莫某"强奸杀命事"。包公审理此案，亲验现场，发现正姑是"刎死房门内，下体无衣"。而莫某则"杀死床前，衣服却全"。知道事有蹊跷，严刑拷打于、应两名证人，始知试妻原委，结果弘度"秋后处斩"，正姑"赐之匾牌，表扬贞烈贤名"。

从消极被害到积极自卫

较温和的则是因怀疑妻子不正而出妻，譬如《烘衣》一案，妇人宋氏在门首等候夫归，一僧人路过，只顾偷目视之而跌落沼中，浑身是水，宋氏请他在舍外向火烘衣，适丈夫秦得从外归，"心下大不乐"，即对宋氏说："我秦得是个清白丈夫，如何容得汝不正之妇？即令速回母家，不许再入吾门。"

但不管是杀妻、试妻或出妻，和前面妻子伙同奸夫谋杀亲夫，可说是忧患意识一体的两面：后者是"消极的被害"，前者是"积极的自卫"。这两类案例当然不足以涵盖《绣像龙图公案》中色欲罪行的全貌，但却是值得我们玩味的两个罪恶系谱。即使时至今日，男性沙文主义日渐走向它的末日，移情别恋的妻子已不必借谋杀亲夫来挣脱婚姻的锁链，这方面的忧患虽大为减少，但性开放却也使男人心中的幽暗意识大为增加，积极自卫的忧患意识恐怕是不降反升吧！

关于利欲的"第三种知识"

在《绣像龙图公案》里，涉及利欲的案件虽也有三十六起，但远不如色欲案件那么扣人心弦。这些案件多半是船家、店家、猎户、地痞等临时见财起意，对过往商旅下手的，以无头公案居多。这种杀人越货的案件，即使是在科学办案的今天，也很难掌握到足够的线索而侦破，但在《绣像龙图公案》里，罪犯都难以逍遥法外，包公所凭借的，除了敏锐的直觉（诗知）与睿智的推理（科学知）外，主要靠的是"第三种知识"。

所谓"第三种知识"是指诗知与科学知之外，另一大类广袤而模糊的知的方式，它包括天启、魔法、显灵、占梦、神秘主义等。在三十六个利欲案件中，有十八个案例的侦破都用到了这第三种知识，比例相当高（色欲案件的侦破，也有一些用到这种知识，但比例没有这么高）。

譬如《木印》一案里，包公于途中"忽有一群蝇蚋逐风而来，将包公马头团团围了三匝"。包公暗忖道："莫非

— 175 —

此地有不明的事?"派人随蝇蚋而去,结果在岭畔松树下挖出一具死尸。又如《兔戴帽》一案,包公至武昌府评览案卷,精神困倦,躺下来梦见"一兔,头戴帽子,奔走案前"。包公醒来即思忖:"梦兔戴帽,乃是'冤'字,想此中必有冤枉。"

再如《鹿随獐》一案,包公回衙来至山傍,"忽狂风骤起",令人各处寻觅,发现一无名死尸;包公回衙,"不知谁人谋死,无计可施"时,又"精神困倦"起来,于是梦见"一人身血淋漓,前有一獐,后有鹿随之"。包公醒来后,即悟出凶手乃名唤"张(獐)禄(鹿)"者。

《乌盆子》所透露的讯息

但最神奇的当数《乌盆子》一案,贼人丁千、丁万劫夺商旅李浩财物,将其尸体入窑烧化,捣碎骨灰和泥烧成乌盆,卖给王老。王老夜里起来对着乌盆小便,乌盆竟开口叫屈。王老大惊,带着乌盆向包公报案。第一次审问时,乌盆因为自觉"赤身裸体"见官不雅,对包公问话全不答应;第二天,在王老用衣裳盖住乌盆去见包公后,乌盆才将被丁家兄弟劫财谋杀、挫骨扬灰的惨事全盘托出。

一个人因他人利欲的出轨，不仅死于非命，骨灰竟被烧成供人便溺的乌盆，而这个乌盆在见官时，仍坚持穿上衣服，才肯吐露冤情。这种将乌盆拟人化，侮辱与矜持的对比，不仅告诉我们商旅李浩的冤魂是多么的悲怨，而且更提醒我们正义的追讨往往是一波三折的。

听五斋先生说："必尽如乌盆之决，而天下始无覆盆之虞。"问题是，看来看去，普天之下似乎只有包公这种人才具备这第三种知识，而这第三种知识说穿了，其实是冤魂的自力救济，而且这种自力救济还需碰上包公这样的青天才有效！事实上，它只是一种渺茫的寄托，就像我们等一下要谈到的地狱一样，是人类对世间种种冤怨与不义的一种心理补偿。而正义的追讨需靠亡魂的自力救济，这多少亦是前述幽暗意识与忧患意识的投射吧？

令人哭笑不得的"包青天情结"

因为亡魂会向包公诉冤，请他主持正义的传说深入民间，结果竟衍生出一种特殊的"包青天情结"。清朝纪晓岚的《阅微草堂笔记》里有如下一则记载：总督唐执玉会审一件杀人案，在将凶嫌某甲判了死罪后，一夜秉烛独坐，忽然听到窗外传来低泣声，他开窗查看，赫然发现一个满身浴血、容颜惨绿的鬼跪在阶前。唐执玉厉声斥之，那个鬼却叩头说："杀我的其实是某乙，县官误抓某甲屈打成招，因为我冤仇难雪，死不瞑目，所以来向您禀告。"唐执玉觉得事有蹊跷，第二天即亲自登堂重审，在详问之下，知道死者死时所穿衣履与他昨夜所见一模一样时，于是在"自由心证"之下，释放某甲，而改抓某乙，并判他死罪。其他陪审官吏都一头雾水，但唐执玉却坚信自己是对的。

唐执玉的一位幕僚对此深感不解，私下向他探问，唐执玉才说出"阴魂显灵，请求代为伸冤"的原委。那阴魂为什么会请求他代为伸冤？不正表示他像包公一样是个"青天"吗？所以他深信不疑。但在幕僚仔细查看、密访后，才知道"那个鬼"其实是某甲的亲人央托飞贼装扮的，目的就是要误导唐执玉的审判。

唐执玉为什么会受到愚弄？就是因为他心中有一个"包青天情结"，"宁可信其有，不可信其无"的想法瘫痪了他清明的理智。

来自地狱的讯息：夜审郭槐

包公的正义事实上是表现在《黄菜叶》《石狮子》《狮儿巷》《桑林镇》等案例里。在这些案例里，欲望出轨的分别是皇亲赵王、驸马、国舅与刘娘娘。但包公不畏权势，一一将他们绳之以法，所谓"关节不到，唯有阎罗包老"。其中的《桑林镇》，也就是《狸猫换太子》《夜审郭槐》等改编戏剧的原本，因广为传播而为后人所熟知。

《桑林镇》的故事大家耳熟能详，此处从略，让笔者最感兴趣的是"夜审郭槐"一段。郭槐在严刑拷打之下，原已招认，但因此案重大，宋仁宗又当庭审之，郭槐翻供说："臣受苦难禁，只得胡乱招承。"于是包公想出一个妙计，在夜里将张家废园翻成阎罗殿场，把睡梦中的郭槐抓来审问，"郭槐开目视之，见两边排下鬼兵，上面坐的是阎罗天子"。在自觉接受"地狱中的最后审判"后，郭槐遂"一一诉出前情"，录写画押完毕，才发现阎王乃是仁宗乔装，判官原是包公假扮。

地狱的最后审判观念，在过去深入人心。它的"存在"可以说是世人在不公与不义的现实社会里渴求正义的替代性满足。想象中的正义是绝对的，因此，地狱中的阎王与判官不仅具有第三种知识而已，简直是全能思想者，任何罪恶的行为与念头，在这里都无所遁形。郭槐就是在这种观念的诱引下，从实招供，他接受的事实上是良心的最后审判。

集体良心里的杂质

我们似乎可以说，地狱是集体良心的产物，而正义乃是集体良心所追求的目标。因此，地狱里的最后审判代表的是集体良心的审判，也是正义的最后救济；而作为正义象征的包公很自然地成为"日理阳世，夜断阴间"的人物，《绣像龙图公案》里也很自然地出现了十一个"在阴间告状"的案例了！

就像《久鳏》一案里说："阳间有亏人的官，阴间没有亏人的理。"或像《寿夭不均》一案里所说："你这样人只好欺瞒世上有眼的瞎子，怎逃得阴司孽镜！"阴曹之法似乎是人间法律的周延化，而地狱中的良心审判似乎就是精神分析所说的超我象征了，但从精神分析的观点来看，这种地狱里的审判还含有其他成分。譬如在《侵冒大功》

一案里，侵冒大功的总兵被九名小卒和边域百姓在阴间告状，由包公审理，自然是罪证如山，包公怒声道："叫你吃不尽地狱之苦！"鬼卒"将一粒丸丹放入总兵口中，遍身火发，肌肉销烂"。但鬼卒吹一口孽风，痛苦不堪的总兵复化为人形。尔后又如法炮制，总兵"须臾，血流遍地，骨肉如泥"。而悲怨的兵卒与百姓则在一旁大叫："快活快活！"

这种看坏人"吃不尽地狱之苦"而引以为乐的情景是正义与良心的写照吗？如果说这就是正义的追讨，那么其中也含有了无穷恨意之追讨的成分，正义里面其实挟带了被害人原始的攻击欲望。地狱里的绝对正义，除了超我外，还有原我的本能杂质。

正义与命运的终极关系

《绣像龙图公案》里的正义，不只是对出轨欲望的惩罚而已。在阴间里，要求包公能为他们主持正义的还包括其他的不平者，譬如《忠节隐匿》一案里，忠臣与节妇在生前未受表扬，而在阴司号泣自鸣者；《巧拙颠倒》一案里，巧妇配了个拙夫，而向包公叫屈的女子；《绝嗣》一案里，行善之家竟绝了子嗣，死得不服，而告到阎君处者；《鬼推磨》一案，则是"自家这样聪明，偏没钱用，一病身亡"。看别人傻乎乎的却金山银堆，满肚子牢骚，干脆告钱神不公者。

在现实社会里，尽管有这些不平，但似乎没有人会为此而告进官里去，即使递上状词，恐怕也没有人能为他主持正义，但到了阴间，他们却纷纷发出了不平之鸣。我觉得这有两个含意：一是他们在阳世只是隐忍不言而已，到了幽冥地府，潜意识中的不满就立刻现形；一是作为最后审判场所的冥府，必须为大家理清命运与正义的终极关系。

所谓命运与正义的终极关系是指是否有个以公平与正义为原则的天道，在决定芸芸众生的命运，使"善有善报，恶有恶报"，或者竟至"天地不仁，善恶罔报"？这是作为正义化身的包公必须回答的问题。

从包公对这些阴司案件的判决上，我们可以看出，他显然是要向大家证明"天道好还，常与善人"。譬如对号泣自鸣的忠臣与节妇，他说："待我题奏阳间天子，阴奏玉皇上帝，叫你们忠臣节妇自有享福之处，那贪污官员自有吃苦的所在。"对《绝嗣》的善人张柔，他说："积善之家，必有余庆……大凡人家行善，必有几代善，方叫作积善。"张柔因祖父遗下冤孽，所以无子，但他既然行善，可"来世到清福中享些快活"。

欲望与正义的十字路口

对于世间所留下来的不平与命运的作弄，包公在阴司都根据道德原则给予救济，这似乎证明了天道的存在。但事实上，如果"天行健"，天道能自己无碍地运转，又何须假包公之手？所谓天道，主要还是要靠包公的执行才得以彰显。因此，实际上，它是一种人道，正义是世人对天地不仁所发出的人性的要求。

而包公要在虚无缥缈的阴司才能对不公的命运提出最后的救济，这多少表示，在现实世界里，命运并非正义的范畴，正义对个人坎坷不平的命运是爱莫能助的（个人命运与阶级命运成为正义的议题，是近一两百年始出现于西方的观念）。

如果我们用简单的二分法，把出轨的欲望视为依快乐原则而行事的原我，将追讨的正义视为依道德原则而行事的超我，那么《绣像龙图公案》就是超我惩罚原我的心灵演剧。在欲望与正义的十字路口，当原我与超我短兵相接时，我们看到了汉民族对欲望所具有的幽暗意识与忧患意识，同时也看到了以第三种知识及地狱审判为奥援的正义的复杂样貌。

笔者并非有意模糊正义的面目，只是觉得在民间故事与戏剧里作为正义化身的包公，他不苟言笑的形象太过刻板，想给他一些弱点，使他更像人而已。至于谈了那么多欲望，主要是想指出中国人对此原也有着极深的幽暗意识。有人说，在儒家思想的笼罩下，中国人多忧患意识而少幽暗意识，那是儒家经典所呈现的，它只是中国文化的幽灵，中国人真正的血肉之心恐怕是存在于《包公案》这种流传民间的故事里吧！

《梁祝》与《七世夫妻》：
闲谈浪漫之爱及其他

古典浪漫之爱的两个要件是"欲望不得消耗"与"死亡"，它并非中国的梁祝故事所独有，而是古今中外皆然的。

《七世夫妻》里的浪漫之爱，还停留在"抱住求欢不遂"的阶段，但到了电影《梁山伯与祝英台》，已作了一些必要的改装，而使它趋于精致化。

殉情的男女主角通过此一"死亡的抉择"，回绝上天的眷顾，抗议命运的作弄，同时见证了人间爱情的不朽。

女观众着迷凌波，"女人捧女人"并无道德上的禁忌，但在这种"捧"中，女观众所宣泄的主要仍是对那虚无缥缈的理想男人的爱意。

余音缭绕的《梁山伯与祝英台》

1988年妇女节，全台八十余家戏院再度联映《梁山伯与祝英台》。这部古装黄梅调电影曾重映多次，每次均造成轰动。二十余年前当它首映时，笔者就躬逢其盛，当时正值情窦初开的思春年华，青稚的心弦被那浪漫凄美的爱情故事与画面拨弄得丝纷音乱。弦韵心声，将我引进一个迷离恍惚的世界中，有很长一段时间余音缭绕，悲愁着脸，仿同剧中的梁兄哥，同时喜甜着心，暗慕剧外的梁兄哥。

它的重映使笔者惊觉岁月的无情。如今已是年近不惑、意长情短的中年心境；心弦早收，不复有浪漫遐思。只适合用这支秃笔弹些弦外之音，冷静地来分析梁祝这个爱情悲剧，以及环绕它的一些问题，聊以纪念逝去的少年情怀。

一则浪漫凄美的爱情悲剧

梁祝故事见于《七世夫妻》此一民间通俗小说中（本文根据的是台北文化图书公司《中国民间通俗小说》版），

电影与原故事稍有出入（下详）。

在原来的故事里，祝英台女扮男装赴杭州读书，与梁山伯在草桥关义结金兰，同窗共砚三年。英台见山伯是个志诚君子，心暗许之。一日思归，留下花鞋一只，托师母做媒。山伯长亭相送。在送别途中，英台真情暗吐，但山伯却恍若呆头鹅般难以领会。直至数月之后，山伯亦辞学归家，师母告知实情，他才兴冲冲地前往祝家庄。可惜来迟了一步，英台已被父亲许配给马文才。晴天霹雳，山伯犹如怀中抱冰。在花园叙旧时，他对英台动之以情、责之以义，奈何英台无力回天，只能好言相劝。经此折腾，山伯美梦成空，而情丝难断，竟患了相思之症，茶饭不思，终至一命呜呼。英台闻耗亦痛不欲生，亲往梁家吊唁。马家迎娶之日，花轿路经山伯新坟，突然狂风大作，英台下轿祭拜。山伯坟墓裂开，英台往墓中一跳。结果两人变成一对花蝴蝶，向空中飞去。

有情人不得成为眷属，乃至双双魂归离恨天，这当然是一个浪漫凄美的爱情悲剧。笔者将在下文《七世夫妻》的整体结构中，讨论它的浪漫与凄美。现在先行剖析梁山伯与祝英台这两位主角的心理形貌。

祝英台：开朗、沉着、果敢的女性

在故事里，祝英台是个外向、开朗、沉着、果敢的美丽少女。她活泼好动，打秋千的技术高超，乔装卖卦先生哄骗老父，又女扮男装到杭州，混在一大堆男人中读了三年书。其间几次差点被山伯识破女儿身，但都被她冷静地应付过去。见山伯眉清目秀，一派风雅，志诚可靠，心生爱慕，主动托师母做媒，并在长亭相送中，频频向山伯示爱。这样一个奇特的前卫女性，为什么会在回到家里后，听命于父亲的安排，违背前心，辜负山伯的一片深情，而没有丝毫的反抗意识呢？笔者认为，这是她的爱情观与婚姻观有别使然。爱情是私人事件，而婚姻则是社会事件。爱情是婚姻的充分条件，但并非必要条件，婚姻所必要的乃是说媒、下聘、迎娶等社会仪式。因此，英台会留下花鞋，托师母做媒。长亭相送中，又提醒山伯，家中小妹"今日亲口许配于你，你可早日回家，请出媒人说亲"。回到家中后，焚香拜祷，"保佑梁兄早日前来议婚"，"倘若父母把亲事许配他人，那时梁兄前来，也是悔之不及，枉费了奴家一片爱慕之心"。直到山伯果真迟来，花园叙旧时，英台责怪山伯："我初时叫你早些回来，只怪你自己耽误了。""马家有三媒六证，你的媒人在哪里？"最后送给山伯三百两银子，劝他回家"另娶一位贤德小姐"。

女性的"生殖行为模式"

这固然可以说是编故事的作者硬派给祝英台的观念，但多少也反映了世间女子的普遍心思。它不只是祝英台所独有，也是《七世夫妻》中孟姜女、秦雪梅等所共有的。从社会生物学的观点来看，在性结合中，负担怀孕、生育、哺乳等任务的女子，其投资远大于男子，她需要仪式性的保障。能依社会所规定的仪式来示爱者，才是性结合的保障，这也可以说是女人对男人爱情的一种考验。社会生物学家认为，这是由遗传基因所规划的生殖行为模式，因此我们也可以将之称为女性的集体潜意识。很显然，梁山伯并没有通过这个考验，最后甚至不理会这个考验，而在花园中"抱住英台纤腰，不肯放手"。但女性在这个方面是决绝、不可退让的，已非男性意志的延伸，结果山伯被英台一句"梁兄不必如此"说得心如刀割，意兴阑珊。

三年同窗共宿而不及于乱，完全是来自祝英台女性的自持。这种自持为她塑造了完美的形象，激昂了一个男人的生命，同时也将他带向毁灭之途。

梁山伯：俊秀、拘谨、沉闷的男人

梁山伯这位眉清目秀、一派风雅的书生，在故事的前半段，给人一种拘谨、沉闷的感觉。三年与祝英台日则同桌、夜则同宿，虽然见英台胸前两乳甚大、白绫小衣上有血迹（月经斑点）、两耳穿眼等种种迹象，怀疑英台有些"女子模样"，但总被英台巧言哄过。有一次在深夜写了个生字，想欺身试探英台，结果反被英台一状告到老师面前，山伯吓得"魂不附体"。老师罚他领个大纸箱放在床中，不许碰破，山伯唯唯遵命，以后即不敢造次。从精神分析的观点来看，不许"碰破纸箱"，固然含有不许"从事性冒险"的象征含意，但由此亦可知，梁山伯原是个服从权威的人。

在长亭相送中，英台以各种明比暗喻大谱"凰求凤"的恋曲，只差没有直接说出"我要嫁给你"，但梁山伯却是一路的"愚兄不懂""荒唐""讨我便宜""你我就在此地分手罢！"他的无法领会，在原故事是因太白星君摄去他的真魂所致。但在紧要关头变得呆傻，正暗示他是一个身不由己、受命运作弄的人。

男性被爱情催化的原欲

这样一个拘谨沉闷、服从权威、受命运作弄的书生，在知悉祝英台是个女红妆，且对他情深似海后，平稳无波的生命开始起了变化，因爱的召唤而展现前所未有的生命力。在师母告诉他真相、出示花鞋凭证后，他立刻离开了学堂，奔上阳关大道，也不返家，直往祝家村而来。见了改着女装的祝英台，犹如九天仙女下凡，不觉"神魂飘荡，心旌摇曳起来"。当英台告以爹娘已将她许配马家后，他虽然犹如"冷水浇头，怀中抱冰"，但却像奋战风车的堂吉诃德，声言马家迎娶之时，"自己也要撞轿来娶"。在英台夺走花鞋信物后，悲愤得要到衙门告状，继之则"抱住英台纤腰，不肯放手"。

这些激昂的生命力表现，大不类从前，是由炽热的爱所催化的，但它亦预含了毁灭的种子。毁灭梁山伯的，与其说是外在的横阻，毋宁说是祝英台本身的决绝。原欲的受阻，使它自外在的客体（祝英台）退缩回来，而以自身及想象中"理想的祝英台"为对象，遂导致了茶饭不思、精神恍惚的相思之症，自我燃烧，终致步上了身毁人亡之路。

梁山伯所无法理解的是，祝英台既有情于他，何以要他接受考验？而祝英台所无法理解的是，梁山伯既有情于她，何以不接受考验？

《七世夫妻》中的七对男女

这个考验，在原故事里乃是天上的玉帝对金童玉女的一种试炼，甚至可以说是一种惩罚。要进一步分析梁祝爱情悲剧的深意，需从《七世夫妻》的整体结构中去探寻。人间有《七世夫妻》乃起因于某年七夕，玉帝在天庭欢宴群仙，金童敬酒时不慎摔破玻璃盏，玉女对他扑哧一笑。玉帝大怒，认为两人动了凡念，罚他们贬谪红尘，"配为夫妻，却不许成婚"。等到功行圆满，才能复还本位。

一世夫妻是万杞良与孟姜女。万杞良为避秦祸而流落异乡，躲在孟家花园中，见孟姜女脱衣捞扇，两人情动。孟父做主为他们完婚，洞房花烛夜时因流痞密报，万杞良被缉拿赴边塞造城，到塞三日身亡。孟姜女过关寻夫，哭倒长城，后投河而死。二世夫妻即是梁山伯与祝英台。三世夫妻是郭华郎与王月英。郭华郎至王月英的胭脂店，郎情妹意相互调笑，两人因他人出现而受阻，密约在土地祠幽会。郭华郎因事迟到，佳人已杳，只见王月英的一双绣鞋与悲怨诗句。情事不遂，两人均因风寒与相思而成疾，双双归阴。四世夫妻是王十朋与钱玉莲。由父母指腹为婚。及长，王十朋中了新科状元，先因在朝供职、后因父母辞世而蹉跎婚事。他致函钱玉莲，言明三年丧服期满即请旨完婚。孰料钱玉莲不堪继母虐待，留下婚书与花鞋，投江自尽。王十朋在为妻雪冤后，亦因思念与郁闷而一命归天。五世夫妻是商琳与秦雪梅。两人年幼时由双方家长割彩矜为凭，日后完婚。商琳后以家道中落，寄居秦家攻读。见雪梅艳丽，求欢不遂而神思恍惚，一病不起返家疗养。商父虽以奴婢爱玉冒充雪梅入侍，亦回生乏术。雪梅闻讯悲痛难禁，往商家吊丧，并教养爱玉所生之子，训儿成名。六世夫妻是韦燕春与贾玉珍。在白云庵攻读的韦燕春出外游春，见贾玉珍在井边打水，心生爱慕而挑之，两人相约三更在蓝桥相会。韦燕春先至，天突降倾盆大雨，洪流滔滔，他不忍离去，结果抱桥柱而死。后至的贾玉珍见情郎已死，抚尸痛哭，也跟着自尽。七世夫妻是李奎元与刘瑞莲。李奎元至洛阳访舅，巧逢刘家奉旨摆设婚姻擂台选择佳婿，一时好奇而入场观望，结果竟被刘瑞莲所抛的绣球击中，于是"送入洞房，成就了百年姻好"。

七个故事的深层结构

这七个故事表面上看起来虽有些陈腐，但却具有如下的深层结构。

第一，前六世与第七世成一对比。前六世的男女都是彼此相爱，却无法结合；而能"成就一段美满姻缘"的乃是第七世中彼此素不相识的李奎元与刘瑞莲。绣球招亲尽管荒唐，但毕竟是为社会所认可的仪式，是由"天"所匹配的良"缘"。此一对比结构所欲传达的讯息，不只是李奎元所说"世间万事由天定，算来一点不由人"的宿命观，还有"爱情并非婚姻的必要条件""自主性的爱情必须受到惩罚"这些社会教化意义。

第二，前六世夫妻代表金童玉女所经历的六次劫难，情节虽然不一，但却重复着如下的主题变奏："欲望不得消耗"与"死亡"，而这两个主题正是我们今日所理解的"浪漫之爱"的终极含意。编故事者也许是要将这些爱情悲剧归诸天意，而在最后为他们安排一个美满的结局；也许是欲假借天意，陈述他那个时代所特有的爱情观、婚姻观、宿命观与教化观。不管出于何种动机，在"天"与"人"的模糊之际，它为我们呈现出了浪漫之爱的普同结构，此一结构并非中国所独有，而是古今中外皆然的。

浪漫之爱、痛苦与死亡

精神分析大师弗洛伊德说："柔情乃是肉欲的升华。"诗人叶慈说："欲望会死亡，因为每一次触摸都耗损了它的神奇。"精神分析学家和诗人都同时体会到：性欲一经消耗，就会减损情爱的强度，只有不得消耗的性欲才能浓缩、提炼出清纯而又炽烈的浪漫之爱。性欲因受阻而不得消耗，因此各种横逆、困难、挫折、痛苦就成为浪漫之爱必备的条件，而且是愈挫愈勇。初始的爱意也许是来自性本能，但它的无由消耗终于使爱逐渐独立成为一种新的感觉经验，它的对象也逐渐由对方的肉身转移到自己内心骚动的感觉，当事者开始爱上爱情本身，以及爱情中的喜乐与痛苦。于是浪漫之爱成为一个感情的黑洞，吸融一切，使当事者茶饭不思，全心全意地放弃自我，沉溺在自己的感觉中。

在西洋，中世纪游吟诗人的讴歌为浪漫之爱开发出一个更高的境界：爱成了一种"非性与无望的热情"（non-sexual and hopeless passion）。与对方结合并非这种浪漫之爱的目的，当事者所倾慕的是一个经过理想化的完美女人，她的完美令人神往，也令人自惭形秽。因此，爱不仅是一种自我感觉的体验，也是一种自我净化与自我提升的过程。

《七世夫妻》里的浪漫之爱较缺乏这种精致度，还停留在"抱住求欢不遂"的阶段，梁山伯的生命并没有因爱而获得太多的净化与提升。但不管是粗糙的浪漫之爱或精致的浪漫之爱，都免不了死亡的结局。要使爱维持在高亢状态，除了消耗的问题外，还有时间的问题。时间会使感觉弱化、欲望消退，只有肉体适时的毁灭才能使欲望与激情永远悬搁在它的巅峰，同时使伟大的爱情故事永远悬搁在读者或观众的心灵中。因此，伟大感人的爱情故事永远是个以痛苦与死亡来收场的悲剧。

梁祝故事的变与不变

《七世夫妻》中的梁祝故事，虽属粗糙的浪漫之爱，但在后来的戏曲与现代电影中，已作了一些必要的改装，而使它也趋于精致化。这些改装包括：

一、将性与爱更加分离。在原故事里，杭州读书时，梁山伯看见祝英台白绫小衣上有月经斑点；花园叙旧中，紧紧抱住英台纤腰，不肯放手；相思成疾后，在家中扯住丫环，高叫："贤妹，你来了，真是天从人愿。"……这些让人联想到性的情节都被删略了，它旨在强化梁山伯对祝英台的爱乃是清纯的"非性之爱"。

二、撤销天庭势力的介入。在长亭相送中，山伯无法领会英台吐露的真情，原本是因为太白星君的介入，摄去山伯真魂而换上个呆魂所致，所谓"天上掉下无情剑，斩断人间恩义情"。但在电影里，却是缘于梁山伯自身清纯无邪的心灵，强调了浪漫之爱的人间性。

三、凸显阶级意识与人品风格。在原故事里，梁家乃是"家财万贯，骡马成群"的富豪，但在后来的戏曲及电影中，则成为茅屋两三间的"贫户"。而马文才原本也是个"人品出众，满腹文章"的浊世佳公子，却被贬抑成尖嘴猴腮、好吃懒做的纨绔子弟。在家世与人品方面，和梁山伯恰成一鲜明的对比，借以衬托出梁祝之爱的悲壮与凄美。

每个时代的人都会自觉或不自觉地修饰先人所流传下来的神话或传奇，使它能更符合自己的认知架构与时代意识，但其中仍有一些不想或不容更改的特质，它亘古弥新，可以说是分析心理学里的原型，也可以说是结构主义里的普同结构。梁祝故事在蜕变中的不变本质，依然是在前面所说的"欲望不得消耗"与"死亡"。

殉情——悲壮的抗议

很少人知道《七世夫妻》中李奎元与刘瑞莲的那一段美满姻缘，因为它一点也不感人，令人传诵不已的反而是梁山伯与祝英台、万杞良与孟姜女、商琳与秦雪梅的爱情悲剧，而这些悲剧乃是玉帝刻意安排金童玉女到人间所受的折磨。为什么"上天的折磨"会成为"人间的至情"呢？这多少反映了人间和天上具有不同的律则。

情爱是凡念，天上不朽的神仙是没有情爱、也不应该有情爱的（希腊诸神虽也谈恋爱，但因为他们不会死，结果使诸神间的恋爱变得啰啰唆唆，相当烦人），金童玉女因为动了凡念，彼此有了情意，所以玉帝罚他们到人间受些折磨。对天上与人间这两个世界，我们可以理出如下的二元对比：

> 天上/人间
>
> 无情/有情
>
> 不朽/短暂
>
> 秩序/骚乱
>
> 安适/悲苦

　　人间是个有情世界，但相对于理想中的不朽仙界，它是短暂的、骚乱的、悲苦的，而这也正是人间浪漫之爱的属性。"问世间情为何物，直教人生死相许？"历来即有不少骚人墨客发出此种疑问与浩叹。死亡看似上天对人间痴情者的惩罚，更是人间痴情者的一种抉择、一种模拟与一种抗议。在《七世夫妻》的前五世中，太白星君从中作梗，目的只是要拆散人间的恩爱男女，并非要置之于死地。后来这些男女虽各因此一横阻而劳役死、相思死、悲痛死等，但多少给人"身不由己"的消极感觉。直到第六世的韦燕春与贾玉珍，韦燕春在蓝桥痴候，太白星君兴风作浪，弄出一场倾盆大雨，原意也只在于阻扰，但韦燕春却宁可"抱柱而死"也不作丝毫的退让。通过此一死亡的抉择，他回绝上天的眷顾，抗议命运的作弄，同时见证人间爱情的不朽。"生命诚可贵，爱情价更高。"痴情者为我们塑造了有别于上天意旨的人间典范。

也许是因为韦燕春悲壮的抗议，而使天庭或编故事者在第七世为他们安排了一段美满姻缘。就像西洋的浪漫之爱，经过几世纪的"反婚姻"，到 17 世纪也开始出现了以结婚为结局的美满故事。但令人感动、令人传诵不已的依然是以死亡为结局的爱情悲剧，人间最甜美的歌诉说的总是人类最悲壮的处境。

理想异性与电影中的角色反串

《梁山伯与祝英台》这部电影之所以造成轰动、令人着迷，除了我们观赏悲剧时所产生的道德同情与审美同情外，还有性别角色的错置问题（电影的技巧此处不论）。一个有趣的现象是：在剧中，令梁山伯着迷的是女扮男装的祝英台；但在剧外，令观众（特别是女观众）着迷的反而是女扮男装反串梁山伯的凌波。这可以分成两个方面来讨论：

第一，分析心理学家荣格认为，每个人的心目中都有一个理想的异性形象，称为内我。男人的内我（心目中的理想女人）叫作 anima，女人的内我（心目中的理想男人）

叫作 animus。凌波是个女人，她所反串的梁山伯是个痴情男子。当她尝试以自己心中的内我来呈现一个痴情男子的形貌时，她同时也呈现了大多数女性心中的内我，也就是她们心中的理想男人，只有女人才晓得女性心中的理想男人是一副什么模样。这种情形就好像梅兰芳男扮女装演杨贵妃，而令张季直、蔡元培、梁启超等男人击节叹赏一样，因为梅兰芳演活了他们心目中的理想女人。

第二，女观众着迷凌波，不只是因为凌波演活了她们心目中的理想男人所产生的移情作用，同时因为凌波是个女人。在现实社会里，"女人捧女人"并无道德上的禁忌，她们可以堂而皇之地大捧特捧。但在这种"捧"中，女观众所宣泄的主要仍是对那虚无缥缈的理想男人的爱意。

性别角色的混淆，现实与虚幻的混淆，俗世男女所需要的大概只是一场梦幻式的浪漫之爱吧？"此情只应天上有，人间哪得几回见？"天上是没有这种浪漫之爱的，而人间有的又是什么？我竟一时糊涂，不知该说什么才好。

《蛇郎君》与《虎姑婆》：
对女性的性教诲

　　为了替父亲赎罪而嫁给蛇郎君的孝顺女儿，为什么会饱受折磨？因为在孝顺的美名之下隐藏了难以言说的性动机。

　　爱是高贵美丽的，而性却是丑陋如兽的。在男性沙文主义社会里，如何将一个少女"调教"成既有爱又能性的可欲对象，实在是煞费周章。

　　《虎姑婆》和《小红帽》同样在暗示一个母亲对女儿的叮咛：对性的危险提出警告，并提醒她不能随便丧失贞操。

　　两个故事也都有强调女性生育之荣耀的意涵。避开危险的性而又保有生育的荣耀，是一个母亲对女儿的衷心期望。

并非土产的台湾民间故事

在台湾民间故事里，《蛇郎君》与《虎姑婆》是大家耳熟能详的。笔者小时候不仅听大人讲述过这些故事，也看过根据故事改编而成的电影，所以印象非常深刻。

台湾虽然多蛇，但在笔者看过的电影中，"蛇郎君"却是印度王子的打扮；而台湾不产老虎，《虎姑婆》的故事显然也是来自外地。事实上，根据民俗学家的考证，与《蛇郎君》及《虎姑婆》类似的故事亦流传于大陆各地，对这些故事寻根并非笔者所长，亦非兴趣所在。在多年的涵摄与沉淀之后，它们已是本地文化的一部分。笔者主要的兴趣是想以有别于传统的角度和镜头，来丰繁这些故事的样貌、深刻这些故事的意义，在它们逐渐淡出年轻一代的视野时，重新引起人们的兴味与关注。

这两个故事因过去均以口传为主，在细节上多有出入，笔者以下的分析根据的是施翠峰先生的《台样民谭探源》一书。在施先生的分类里，《蛇郎君》属于"道德谭"，是个"强调道德、孝顺、报应等综合性道德意义的民谭"。而《虎姑婆》则属于"机智谭"，是"在治安不良的古代，父母作为管束子女的最好教材"。但"故事中最有趣的是阿金的机智"。从传统的观点来看，这种说法大抵是不差的。本文不拟重复这些说辞，而想提出完全不同的看法。

《蛇郎君》里的蛇、父亲与女儿

《蛇郎君》故事大意如下：李远月有两个女儿，特别喜爱花，李远月买不起，只好到有钱人家的花园里去偷摘。某夜，李远月又去偷摘花时，被花园里的一个年轻人撞见。李远月跪在地上请求年轻人原谅，但对方似乎不肯放过他。李远月为了赔偿并求原谅，提出"愿把一个女儿嫁给你"的条件。年轻人认为是好主意，说好一个月后前往李家迎亲。李远月回家后，就后悔自己的鲁莽，不得不把经过告诉两个女儿，大女儿为了感谢父亲的疼爱，毅然答应要嫁给那个陌生的年轻人，替父亲解围。

一个月后，年轻人果然由数人陪同前来娶亲。大女儿看新郎相貌并不难看，心里暗自高兴。当晚，一行人留下来，挤在一个小房间里过夜，年轻人特别要李远月准备几根竹竿。半夜里，李远月好奇地从门缝里偷窥，赫然发现新郎已变成一条大蛇睡在床上，其他人则变成小蛇盘在竹竿上。又惊又愁的李远月翌晨即将昨夜目睹的情形告诉大女儿，想要毁婚。但大女儿认为这是命运的安排，也担心拒绝可能带来的后果，还是决定嫁给蛇郎君。

李远月不放心，陪着女儿到新郎家。他发现蛇郎君的家是豪华的大宅邸，在那里他备受款待，女婿还送给他很多礼物，于是他就满心欢喜地回家了。二女儿从父亲口中知道姐姐竟能嫁到有钱人家，内心羡慕不已。几天后，她说她想见姐姐，而来到邻村的蛇郎君家。蛇郎君刚好不在，在吃饭时，妹妹偷偷在酒里下毒，把姐姐毒死了，将尸体埋在屋后，然后自己扮成姐姐。蛇郎君回来后，虽然觉得新娘有点不一样，却被妹妹巧言蒙混过去。于是，妹妹就取代姐姐，成为蛇郎君的妻子。

姐姐死后变成一只麻雀，在妹妹面前唱出她谋杀亲姐姐的歌曲，妹妹怒而杀死麻雀，埋在井边。井边长出竹子，妨碍妹妹到井边汲水，妹妹又将竹子砍了，做成竹椅。但当她一坐上去，竹椅便翻倒，妹妹遂怒将竹椅放到火灶里烧成灰。邻居老太太前来讨些灶灰，在灶灰里发现一块年糕，于是偷偷将年糕带回家，放到被窝里，想留给儿子吃。当儿子回来，老太太掀开被窝，却发现年糕已变成一个女婴，于是老太太将女婴抚养长大。

十几年后，女婴已长成一位美丽的少女，她因机智地回答蛇郎君问老太太的问题，而得以和蛇郎君见面。两人相见，蛇郎君发现少女很像他以前的妻子，少女这时才将一切经过告诉蛇郎君，说："我才是你真正的妻子。"蛇郎君此时才如大梦初醒，带妻子回家。妹妹看到姐姐突然归来，晓得自己的罪恶已暴露，惭愧得仰药自杀。从此以后，蛇郎君夫妇又过上幸福而愉快的日子。

孝顺的女儿何以饱受折磨？

世界上很多民族，都有"物老成精，幻化成人"的神话或童话故事。在由蛇变人的故事中，我们最容易联想到的是《白蛇传》。但若拿《白蛇传》来和《蛇郎君》相较，我们立刻会发现，《蛇郎君》的故事不仅简单，而且缺乏一个好故事应有的内在逻辑。譬如偷摘花这种过错为什么需以嫁女儿这么大的代价来抵偿？富有的年轻人为什么就不分青红皂白地接受了？姐姐在父亲告诉她对方是蛇后，她为什么一点也不担心？甚至连一丝想查证的好奇都没有？死后复生的姐姐就住在蛇郎君家的隔壁，为什么需等到再长成一个美丽的少女后，才能和蛇郎君相见？而李远月这个爸爸为什么对两个女儿的下落都一直不闻不问？

关于这些"为什么"，我们当然可以说，《蛇郎君》只是一个拙朴的民间故事而已，不像《白蛇传》先后经过很多文人的润饰，所以难免会有"思虑不周"的地方。但这也使它所欲传达的"诚实、孝顺、报应"等教诲缺乏内在逻辑性，也因此而使得笔者觉得，《蛇郎君》这个故事本来想要传达的恐怕并非上述那些符合儒家与佛家思想的教诲，而是另外的东西。

故事里的大女儿，基于对父亲的一片孝心，嫁给了蛇郎君，结果却饱受劫难（虽然最后又和蛇郎君团圆，过着幸福而愉快的日子，但那已是十几年后的事）。如果这是一个强调孝顺的故事，为什么要给一个孝顺的女儿这样的打击和折磨？笔者认为，《蛇郎君》其实另有一个重要而为人所忽略的意涵：那就是"性的教诲"。当父亲后悔，不想让女儿和一个本质是蛇的男人结婚时，大女儿仍坚毅地要随对方而去，孝顺的美名之下似乎隐藏了难以言说的性动机。从精神分析的观点来看，蛇是阳具的象征，是让一个少女感到好奇、焦虑、恐惧、迷惑与满足的复杂对象，但故事里的大女儿，对蛇却没有任何的焦虑、恐惧与迷惑，反倒让人觉得她是相当满足的。男性沙文主义的社会必须挫折女性的这种反应，所以编故事者在彰显大女儿的孝心时，又不自觉而巧妙地安排出对这种女人的打击和折磨。

这个跳跃式的结论也许令人惊讶。因《蛇郎君》故事本身的拙朴，下面我想以两个相类似的故事和《蛇郎君》作个比较，以填补上述结论的空白不明之处。

希腊神话里的蛇、普赛克与父亲

《蛇郎君》让笔者联想到如下一则希腊神话：

普赛克（Psyche）是一位美丽的公主，但一直无法找到能与之匹配的理想夫婿。她的父亲（国王）去请教太阳神阿波罗。阿波罗告诉他，普赛克必须穿着丧服，独自到山顶等候，到时会有一只长着翅膀的蛇来带她走，娶她为妻。悲哀的父亲遵从阿波罗的指示，让普赛克独自在山顶等候终夜。普赛克在暗夜中睡着了，醒来后却发现自己置身在一座美丽的宫殿中，而且还做了这个皇宫的皇后。每天晚上，在黑暗中，她那看不见身貌的丈夫就会来到她身边，和她温柔地缠绵。他说如果她信任他，就不要想看他的容貌。但普赛克的姐妹一口咬定她丈夫就是那蛇魔，最后，她们说服了普赛克去偷看他的容貌。某夜，当丈夫睡着后，普赛克拿一盏灯去照他。她意外发现，丈夫竟然是一个非常俊秀的美男子，也就是厄洛斯（Eros）。灯光惊醒了厄洛斯，他仓皇溜走，从此失去踪影。后悔万分的普赛克，为了寻回丈夫，经过种种劫难，变得又老又丑，被困在一个古堡里长睡不醒。此时，获悉消息的厄洛斯才再度出现，用他的箭尖触醒了普赛克，普赛克也恢复了原来的美貌。从此两人永远不再分离，过着幸福快乐的日子。

Psyche 是心灵的意思，也是西方心理学（psychology）和精神医学（psychiatry）的字源。而 Eros 是爱欲的意思，是肉欲主义（eroticism）的字源。这个希腊神话有很丰富的意涵，我们只谈它跟《蛇郎君》相关的部分。普赛克忍不住用"怀疑之光"去探照黑暗中睡着的丈夫，想了解他是不是传言中的蛇魔，这是人类心灵应有的反应。但《蛇郎君》里的大女儿却看不出有这种反应的任何蛛丝马迹。不过也许正因她缺乏这种焦虑与恐惧的反应，所以她受到了比普赛克更严厉的打击与折磨，要经过十几年的漫长岁月才能再和她的夫君重逢。

《美女与野兽》中的野兽、父亲与女儿

《蛇郎君》故事的开头，也让笔者想起《美女与野兽》这个西洋的童话故事：

一个父亲有四个女儿，最小的女儿最美丽也最无私，是父亲最钟爱的。当父亲要给四个女儿礼物时，小女儿不像三个姐姐要求贵重的东西，只希望有一朵白玫瑰。为了不让女儿失望，父亲只好到一个有魔法的古堡去偷摘白玫瑰，结果被一个人面兽身的年轻人撞见。野兽被这种偷窃惹怒，火冒三丈，要他在三个月内回来接受处罚。

父亲虽然如愿以偿地带回小女儿渴望的白玫瑰，但也透露了这个不幸消息。小女儿觉得父亲闯祸都是因自己而起，三个月后，她坚持自己到古堡接受野兽的处罚。当她到古堡后，住的却是漂亮的房间，过的也是舒适的生活。野兽爱上了小女儿，三番两次向她求婚，但她都严词拒绝。不久，她从魔镜中看到父亲卧病在床，恳求野兽让她回去安慰父亲，并答应一个星期内一定回来。

小女儿回家后，父亲非常快慰，病也好转。但嫉恨妹妹的姐姐们一再设计挽留妹妹，使她不能如期返回古堡。

最后，她梦见野兽因绝望而面临死亡，她觉得不忍，于是又毅然地回到古堡。她忘了野兽丑陋的容貌，日夜服侍他，并因野兽对她的温柔与深情而爱上了他，最后她答应嫁给他。就在这一刻，古堡充满了光芒和音乐声，野兽变成了一个英俊的王子。他告诉她，他因被女巫施法才变成野兽，需等一个美人爱上他的美德后，魔法才可破除。于是，两人从此就过着幸福快乐的日子。

爱是高贵美丽的，性却丑陋如兽

由于故事开头的极端类似，笔者认为《蛇郎君》和《美女与野兽》必然有着某种历史的渊源。《美女与野兽》不仅比《蛇郎君》有着更严谨的内在逻辑，也有着更明显的性教诲意涵。美女对野兽原是排斥、抗拒的，但最后却接受了。这种接受有两方面的含意：一是她不能只看一个男人丑陋的外表，而应该去认识他高贵的内在；一是她不能只依恋自己清纯的心思，而应该承认自己也有野兽的成分。

爱是高贵美丽的，而性却是丑陋如兽的。在男性沙文主义社会里，如何将一个少女"调教"成既有爱又能性的可欲对象，实在是煞费周章，《美女与野兽》多少反映了这样的社会对一个少女的期待。

如果我们把《蛇郎君》《普赛克神话》和《美女与野兽》并排而观，可以发现它们有如下的共同人物：一个美丽的少女、一个钟爱她的父亲、一个如兽般或有着野兽嫌疑的青年以及嫉恨这个美丽少女的姐妹。而其情节又有如下的共同架构：在父亲的怜惜与哀痛中，美丽的少女离开父亲，去和那如兽般的青年共同生活，但因姐妹的从中阻扰，而横生一些波折，不过最后又都能克服困难，美丽的少女和如兽的青年终于过着幸福快乐的日子。

一个父亲对女儿的性教诲

父亲是发动整个故事的导火线。事实上，如果我们能站在父亲立场来看这些故事，将会产生更深刻的理解：父亲钟爱他的女儿，但女儿一天天长大，他知道另一个男人必然会来夺走他心爱的女儿。他觉得不忍，但这却是他不得不强迫自己吞下的一枚苦果。于是在命运的安排下，这个男人出现了，他具有令父亲羡慕的某些条件和能力，但也有着令父亲嫌恶的野兽本质（担心他的宝贝女儿在性方面受到摧残）。

父亲此时的心情非常复杂，他犹豫不决，最后让女儿自己作决定，结果女儿选择那个年轻人而去。此时父亲失望了，但他不能说出自己的失望，他强忍泪水祝福女儿。不过心中那股受女儿背弃的愤懑还是需要一个出口，于是由依然留在自己身边的其他女儿出面，去阻扰、破坏那对不知天高地厚的年轻人的生活。但最后父亲对女儿永远的爱战胜了他暂时的愤懑，他自动退隐，让女儿和她的丈夫去追求他们独立而圆满的生活。

从这个观点来看，我们可以说，《蛇郎君》像《普赛克神话》和《美女与野兽》一样，其背后的深意乃是一个父亲对女儿的性教诲。在这些故事里，母亲都被有意或无意地抹杀了。李远月只能向女儿暗示，那个来娶她的年轻人，在深夜的床上会变成一条蛇，但女儿对父亲所透露的此一生命真相，却没有丝毫焦虑与恐惧之意，她毅然地要随那如兽的年轻人而去。父亲不知道女儿的这个决定到底是孝顺他，还是爱那条蛇？他嫉妒那条蛇，因此当嫉妒姐姐的妹妹去破坏她轻易得到的幸福时，父亲对此一直不闻不问，他的心里似乎在说："即使这是人生必经之路，但你也不必这么决绝地离开父亲，投向另一个男人的怀抱。

在你得到真正的幸福前，你仍必须接受一些考验和折磨。"

《蛇郎君》和《美女与野兽》有同样的开头与类似的结局，但过程却差异甚大。其分野似乎在于父亲和未来的丈夫在女儿心中的分量，以及女儿对作为性象征之野兽的态度问题。一个少女应该让父亲知道，她对父亲不只孝顺，还有依恋，而她对性不只期待，还有戒惧，这样才是父亲心中的好女儿。

《虎姑婆》里的母亲与女儿

《虎姑婆》故事的大意如下：一位母亲和两个女儿住在山间的独屋里，有一天，母亲因事必须回娘家，便吩咐两个女儿好好看家："无论什么人来敲门，都不要开门。"当晚，两姐妹提早关门，上床睡觉。不久，姐姐阿金听见敲门声，就把妹妹阿玉摇醒，两人害怕得抱成一团，不知如何是好。

外面敲门的声音说："妈妈回来了，快起来开门呀！"阿金和阿玉走到门边说："你不是我们的妈妈，妈妈不会这么早回来。"门外的声音说："因为我怕你们寂寞，特地提早赶回来的。"两姐妹信以为真地开了门，但进来的却是一个满脸皱纹的白发老太婆，她对惊慌的姐妹说："不要怕，我是你们的姑婆，住在后面一座山里，很久没来啦，今天路过这里，特地来看你们的。"

两姐妹这时才转忧为喜，阿玉更是高兴，缠着姑婆说东说西的。睡觉的时候，阿玉吵着要和姑婆睡，阿金只好自己睡在另一张床上。半夜里，阿金醒来，听到阿玉的床上传来吃东西的声音，诧异地问："姑婆，你在吃什么？"姑婆说她在吃生姜，要阿金快点睡。阿金越想越奇怪，固执地也要吃吃看，姑婆只好扔一只到阿金床上。阿金拾起来一看，发现那是妹妹的手指，她马上明白是怎么一回事，于是想借上厕所逃走。

由老虎变成的姑婆这时露出老虎的本性，说阿金是它明天的早餐，别想逃。阿金说服虎姑婆用绳子捆住她的脚，她到厕所就将绳子捆到水缸上，自己则爬到屋外的一棵大树上躲起来。虎姑婆在晓得自己上当后，奔到外面寻找，发现阿金躲在树上，就用牙齿猛啃树干，想推倒大树。此时阿金又心生一计，说她愿意自己下来，但有一个最后的要求，请虎姑婆煮一锅油，因她想将鸟巢里的鸟炸来吃，吃饱之后就会下来让虎姑婆吃掉。虎姑婆答应她的要求，将煮滚的一锅油用绳子吊到树上给阿金。不久，阿金在树上说她要跳下来了，请虎姑婆张开嘴巴。当虎姑婆张开那血盆般的虎口时，阿金赶快将滚烫的热油从树上倒进虎姑婆的嘴里，虎姑婆惨叫一声，就被那锅热油烫死了。

"千万不能开门"的性意味

一个能幻化成人形的虎精，要吃人似乎不必这么麻烦，这个故事确实有彰显阿金临危不乱、机智应变的用意。但如果我们考虑到整个问题的关键是两姐妹违背了母亲的再三叮咛，而开了那千万不能开的门，我们就会发现它的另一个意涵。

从精神分析的观点来看，"房间"是女性性器的象征，而"门"则是处女膜或阴道入口的象征。开门纳宾成了引虎入室，妹妹被吃掉，而姐姐也饱受心理的创伤。我们可以说，这是一个母亲对女儿性教诲的故事。

这个结论也许像《蛇郎君》一样令人惊讶，所以我们还是举一个西洋童话故事来和《虎姑婆》作个比较，并阐释其空白不明之处。

《小红帽》里的母亲与女儿

《虎姑婆》让笔者联想起《小红帽》的童话故事。这个故事说，从前有一个可爱的小女孩，最受奶奶的疼爱，奶奶送她一顶红绒做的帽子，她很喜欢戴这顶帽子，所以大家都叫她"小红帽"。有一天，妈妈要她拿一块糕饼和一瓶酒送去给正在生病的奶奶。妈妈叮嘱她："在半路上要好好地走，不要跑离大路，不要在半路迷失，不要跌倒而打破酒瓶。"小红帽说："我会小心的。"

奶奶住在森林里，小红帽刚走进森林，就遇见了一匹狼。这匹狼上前和小红帽搭讪，小红帽不知道狼的邪恶，愉快地和它交谈，告诉它自己正要去探望生病的奶奶。恶狼心里有了盘算，它嘲笑小红帽一本正经地走路，怂恿她到森林深处去摘花，听鸟儿唱歌。于是，小红帽走离了正路。

恶狼则乘机跑到奶奶住的屋门前，假装小红帽的声音咚咚敲门。在进屋后，就一声不响地吞掉卧病在床的奶奶，然后穿着她的衣服，戴上她的帽子，假装成奶奶，躺在床上。

小红帽在森林里摘了很多花后，才想起奶奶，于是赶快前往奶奶住的房子。当她抵达时，发现门是开的，走到床边，觉得躺在床上的奶奶很古怪，耳朵很长、眼睛很大、双手很粗、嘴巴好可怕。恶狼说那是为了"看清你、拥抱你、一口吞下你"。说着就蹦下床，把小红帽给吞吃了。

恶狼满足食欲后，舒服地躺在床上打鼾。经过屋外的猎人听到鼾声觉得奇怪，走进房内发现躺在床上的恶狼，本欲一枪打死它，但想到住在这里的老太婆可能也被它吞到肚里，就改用剪刀剪开恶狼的肚皮。于是，小红帽和奶奶都从恶狼的肚子里爬出来。后来，小红帽搬来了很多大石头，填满恶狼的肚子，再将它缝起来。恶狼醒来后，想要跑掉，但石头太重了，结果就倒在地上一命呜呼。

弗洛伊德和弗洛姆（E. Fromm）都曾指出，《小红帽》有性教诲的意涵："红绒做的小帽"是月经的象征；"不要跑离大路，不要跌倒而打破酒瓶"的叮嘱，是对性的危险及丧失贞操的警告。

一个母亲对女儿的性教诲

如果我们把《虎姑婆》和《小红帽》并排来看，可以发现它们有如下的共同人物：一个担心女儿的母亲、一个日渐懂事的女儿以及一个危害到女儿安全的兽类。（在《虎姑婆》里多了一个更小的妹妹，而《小红帽》里则多了一个更老的奶奶。）它们的情节也有如下的共同架构：日渐懂事的女儿终于必须单独面对某些事情，忧心忡忡的母亲一再叮嘱她们"不能如何如何"，但女儿却在一只狡猾野兽的欺骗下，违背了母亲的教诲，结果惹祸上身，虽然最后都能化险为夷，但却使他人（妹妹及奶奶）受到池鱼之殃，而自己的心里也蒙上了一层阴影。

阿金母亲的叮嘱："无论什么人来敲门，都不要开门。"跟小红帽母亲的叮嘱："不要跑离大路，不要跌倒而打破酒瓶。"其实是一样的，那就是"不要丧失贞操"（酒瓶亦是女性性器的象征）。性在这两个故事里，都被形容为如同野兽吃人般的行为。

当然，《小红帽》里的恶狼，很明显的是试图夺去女性贞操之恶男人的象征。但《虎姑婆》里的恶姑婆却是女性，她怎么会是令女性丧失贞操的罪魁？要理解这个问题，我们就不得不触及这两个故事更深刻、也更隐晦的另一个意涵。

在《小红帽》里，小红帽将石头填进恶狼的肚子里，使恶狼重得跌倒致死。她为什么要采取这种奇怪而复杂的报复手段呢？肚子里装石头是"不孕"的象征（不孕的妇女亦被称为"石女"），这个故事也有嘲弄男性缺乏女性所具有的生育能力的意思。如果我们能将"虎姑婆"视为"虎"与"姑婆"的浓缩象征，那么就会发现，"虎"代表的是"吃人野兽"，而"姑婆"亦恰是"不孕"的象征（在台湾话里，"姑婆"是"老处女"的意思）。野狼和虎姑婆都是不能生育的，都和含苞待放、具有生育能力的少女敌对，且最后都受到谴责。因此，这两个故事有强调女性生育之荣耀的意涵。

我们可以进一步说，在《虎姑婆》和《小红帽》里，一个母亲对女儿的性教诲是：她提醒女儿性的危险，警告她不可随便丧失贞操。但这种提醒也不能矫枉过正，因为，生育能力毕竟是女性值得骄傲的特点，而它唯有通过性始能完成。避开危险的性而又保有生育的荣耀，是一个母亲对女儿的衷心期待。

多一种诠释，多一分生命力

也许有人会说，《蛇郎君》和《虎姑婆》只是讲给小孩子听的民间故事，即使有你所说的这么深奥的性教诲，也是小孩子无法理解的，甚至是大人意料之外的，它们显然不是这些故事的用意。那么纵然你舌灿莲花，讲得天花乱坠，也是牛头不对马嘴，毫无意义。

这牵涉神话和童话故事的起源与用意问题。我们常以为，故事是为了教化人心才编出来的，而忽略了在故事形成过程中更深层的心理动因。举个例子来讲，为了教孝，有人选编了二十四孝的故事。但我们若分析这些故事，就会发现其中有三分之一说的其实是满足口欲的问题，譬如《卧冰求鲤》《孟宗哭笋》《怀橘遗亲》《乳姑不怠》等。前台大精神科的徐静医师曾说，它们泄露了中国人"口腔依赖型"的人格特质。选编故事的人想到的虽是教孝，但却不自觉地泄露了另外的东西，也就是更深层的心理动因——潜意识的内涵。

事实上，很多故事并非为了我们现在所认同的用意才编造出来的，而是经过漫长时间的酝酿、口传、修改、合并才成形的，它最初的源头恐怕都已不可考。我们有理由相信，《蛇郎君》和《虎姑婆》的历史必然已相当久远。特别是当我们拿它们和西洋故事相比较，而发现它们之间竟有着极为类似的结构时，我们就不得不怀疑，这些故事是取撷自广袤的人类心灵的遗产，它们有着隐晦的象征意义。

　　以上的分析并非在排斥《蛇郎君》与《虎姑婆》的传统意涵，而是希望能多给它们一种诠释，多增加一分民间故事的生命力。

怪力乱神：

《子不语》中的灵魂物语

　　《子不语》一书"怪力乱神，游心骇耳"，主要是在宣泄被儒家的忧患意识所压抑、郁积于心中的宗教感情和幽暗意识。

　　传统中国是形神与灵魂二元论者："魂"是使"神"发挥作用的原动力，而"魄"则是使"形"发挥作用的原动力。

　　古人认为死后脱离肉体的魂，有时会附在其他肉体上，也就是一般所说的附身。它跟现代精神医学里的双重人格有诸多类似之处。

　　灵魂的轮回转世加上佛家的因果报应，为一个人在人世的际遇穷达甚至疾病健康等，提出了一个"老妪能解"的诠释学。

对儒家思想的补偿与反动

袁枚（子才）为清乾隆年间进士，多才多艺，是大家所熟知的一位才子。他和同年代的纪昀（晓岚）齐名，时人称为"南袁北纪"。无独有偶，纪昀著有《阅微草堂笔记》一书，"俶诡奇谲，无所不载"，而袁枚亦著有《子不语》一书，"怪力乱神，游心骇耳"。

袁、纪这两位才子，虽非儒学大师，但饱读四书五经，乃杰出的孔门弟子。《论语》里明明说："子不语怪力乱神"，他们为什么要违背圣人的教诲呢？传统的说法是"其大旨悉系于正人心、寓劝惩"，但这恐怕是一厢情愿的看法。笔者以为，《子不语》与《阅微草堂笔记》乃至千余年间的笔记小说，之所以充斥怪力乱神，更可能是对儒家思想的一种补偿甚至反动。

作为一种入世哲学，儒家重视的是在此尘世的正心诚意"修身齐家治国平天下"，是"先天下之忧而忧，后天下之乐而乐"的。这本是好事，但当它上下两千年，成为一个民族读书人的基本信仰时，"敬鬼神而远之""不知生焉知死""不语怪力乱神"的立场，却使它严重缺乏了宗教信仰中的某些基本要素，以及对奇异现象的探索精神。袁枚说："昔颜鲁公、李邺侯功在社稷，而好谈神怪；韩昌黎以道自任，而喜驳杂无稽之谈；徐骑省排斥佛、老，而好采异闻。"可见儒者私底下喜欢搜神探秘，是有其历史传统的。在儒家忧患意识的笼罩下，豪迈不拘之士进德修业之余，心仍有所未盈，意犹有所不尽，于是另辟蹊径，"采掇异闻，时作笔记"，正所以借此宣泄郁积于他们心中的宗教感情和幽暗意识也！

最困惑人心的议题——灵魂

袁枚的《子不语》，当视为此类作品。但像大多数的笔记小说，他只是"妄言妄听，记而存之"，并未尝试赋予这些怪力乱神某种理论架构，甚至亦未加以分门别类。《子不语》中近千则游心骇耳之事可谓包罗万象、芜杂异常，笔者这篇短文自是难以面面俱到，而只能就中择取某一类题材来申述之。笔者所选者名曰"灵魂"，它正是最困惑人心，也最为儒家学者所忽略的问题。

事实上，在中国民间信仰及佛、道思想里，是有灵魂的理论架构的。袁枚不可能不知，也许为了避免和儒家抗礼，他舍而不用。但笔者在下面的论述中，却不得不使用这些架构，来钩沉、排比《子不语》中涉及灵魂的故事，然后赋予它们一些意义。笔者将这些故事分为魂离、僵尸、鬼、附身、前世几大类，分述如下。

《庄生》：灵魂出窍的故事

《庄生》是一则"魂不附体"的故事。话说庄生在一姓陈的家中当老师。某日授课完毕回家，路过一座桥时，不慎失足跌倒，他爬起来后继续走，回到家后，敲门却无人回应，于是又回到陈氏的家宅。看见陈家兄弟正在下棋，他遂闲步走到屋后。看见园亭里有一位临盆孕妇，姿色颇美。庄生自觉非礼而退出，又回去看陈氏兄弟下棋，而且出声代为指点，但主人却好像受惊般张皇四顾，没有采纳。不久，忽然灯熄，庄生于是又往回家的路走，到了那座桥，竟又跌了一跤，再度爬起来，回到家敲门，进门后责怪家人上次敲门无人回应一事，家人却说："根本没听到有人敲门。"第二天前往陈家，说昨天又回来观棋、见孕妇、灯熄之事。主人惊骇说并没有看到他回去后又返回，家里也没有孕妇。一起到屋后，则看到有菜园半亩，西角有一猪圈，母猪刚刚生下六只小猪。

故事中的庄生因此而悚然大悟，认为自己在第一次过桥时跌倒，"灵魂出窍"。他返家敲门还有到陈家观棋、见孕妇临盆等都只是自己出窍灵魂的经验，别人根本无法感知。当出窍的灵魂第二次过桥时又跌了一跤，才又重新附体，跟肉体再度合而为一，恢复能思考又有血肉的自我。

大文豪歌德的离奇经验

在西方，也有很多"灵魂出窍"的故事。譬如德国大文豪歌德有一次和友人结伴回威玛，在途中忽见另一友人弗瑞利德克，居然身穿歌德睡袍、头戴歌德睡帽、脚踩歌德拖鞋出现在马路上。歌德大惊，但因身旁友伴"什么也没看见"，歌德很快认为这只是"幻觉"，并担心弗瑞利德克是不是"死了"。回到家后，歌德一进门就看到弗瑞利德克居然就坐在客厅里，他还以为又看到了幻影。弗瑞利德克向歌德解释说，他因在路上成了落汤鸡，而狼狈地来到歌德家中，脱下湿衣服，换上歌德的睡袍、睡帽、拖鞋，刚刚在摇椅上假寐时，居然梦见自己走出去，在路上看到歌德和其友伴，还听到歌德和友伴的对话！

歌德和弗瑞利德克都为此而大惊失色！弗瑞利德克认为自己在梦中"灵魂出窍"，而歌德则认为自己在路上看到了他出窍的"灵魂"。歌德此一离奇经验，其实较类似《唐人小说》中的《三梦记》，但它同《庄生》一样，都需以"灵魂存在说"为前提。事实上，这也是很多民族、很多文化所共有的信仰。这个信仰反映了人类的不朽渴望，肉体会死亡，而灵魂则是不朽的。儒家也有立德、立言、立功三不朽的说法，但这跟"舜何人也，予何人也，有为者亦若是"，希望大家做圣人的想法一样，是让一般老百姓感到为难的。民间百姓宁可相信自己生来就具有某种不朽的本质，那就是"灵魂"。

灵魂是附身在肉体上的，人死时，灵魂脱离肉体。这种观念很自然地导致如下想法：生时若遇到类似死亡的情境，灵魂也可能脱离肉体。这些情境包括睡梦时、暂时丧失意识（如跌倒、车祸、手术麻醉等）时，庄生与弗瑞利德克的"魂离"都符合这个模式。

《南昌士人》：鬼变僵尸的故事

《南昌士人》一文，则是在讲述人在死亡时灵魂与肉体关系的故事。话说南昌士人某甲在寺中读书，与一学长某乙非常要好。某乙归家后暴毙，一缕孤魂夜里来到寺中，登床轻抚某甲的背部，与之诀别。某甲惊怖，某乙出言安慰，并以老母寡妻及未付印的文稿相托，说完就要离去。某甲看他言语都还近人情，容貌也跟平日一样，因而流泪慰留他，死者某乙也跟着流泪，彼此又闲话一些家常。

但不久，某甲见某乙的容貌渐渐变得丑陋腐败，心生恐惧而催促他快走。变成尸体的某乙竟不走，屹立如故。某甲更加惊骇，于是起而往外奔逃，尸体也跟着随后狂奔，如此追逐了数里路，某甲翻过一堵墙扑倒在地，某乙尸体则垂首于墙外，口中涎沫涔涔滴到某甲的脸上。天亮后，路过的人发现，给昏迷的某甲灌姜汁，他才苏醒过来，而僵立在墙外的某乙尸体也被送回丧家成殓。

在这个故事里，死后的某乙在夜里来访某甲，刚开始的表现，让人想到鬼——有思想、情感，还拜托某甲帮他完成未了的心愿。但没多久，容貌变腐败，而且不再认识生前好友，盲目追逐某甲，口里还不停流口水，则让人想到僵尸。鬼与僵尸原是两种不同的死后存在状态，但在这个故事里，不仅同台演出，而且生动地描绘了两者的关系与演变过程。

传统中国的灵魂二元论：魂与魄

故事里的"识者"说："人之魂善而魄恶，人之魂灵而魄愚。其（故事中的死者）始来也，一灵不泯，魄附魂以行；其既去也，心事既毕，魂一散而魄滞。魂在，则其人也；魂去，则其非人也。世之移尸走影，皆魄为之。"

这里所说的魂与魄，正反映传统中国的灵魂二元论。精与气是构成生命的两种原始材料，精发育成形（肉体）；而气则凝聚成神（意识、思想）。魂是使神发挥作用的原动力，也就是精神性的灵魂；而魄则是使形发挥作用的原动力，为物质性的灵魂。

这个架构虽不能面面俱到地网罗诸子百家里的各种概念，却可以让我们明了《礼记》里"魂气归于天，形魄归于地"、《关尹子》里"精者，魄藏之；气者，魂藏之"及《性理会通》里"精之神谓之魄，气之神谓之魂""耳目所以能视听者，魄为之；此心所以能思虑者，魂为之"这些话的含义，也可以让我们理解为什么中国人会使用"失魂落魄""勾魂摄魄""神清气爽""神魂颠倒""锻炼体魄"这样的语汇。

魂与魄既是中国人灵魂观里的两个基本符码，则像其他符码般，它们可以产生如下四种基本组合：有魂有魄、无魂无魄、有魂无魄及无魂有魄。而人类的四种存在方式——活人、死人、鬼与僵尸则可以说是它们的文化转译。

《飞僵》与《两僵尸野合》的戏码

《南昌士人》里的鬼与僵尸，大致遵循上述的魂魄观。《子不语》中还有不少僵尸的故事。就像前述观念所透露的，只剩下魄的僵尸，头发、指甲等物质性的存在还会继续滋长，还会蹦跳、流口水，但却是恶而愚的，不再具有思想、记忆和情感。它的六亲不认与如蛆附骨，甚至比鬼还可怕，我们从时下流行的僵尸电影即可知其梗概。

《飞僵》一文说某村中出一僵尸，能飞行空中，食人小儿。村人探得其穴，深不可及，求道士捉之。道士请一村人于夜间伺僵尸飞出后，入穴大摇铜铃（尸闻铃声则不敢入），道士与村民则在穴外与僵尸格斗。等到天明，僵尸扑地而倒，众人举火焚之。

《两僵尸野合》一文则说，某壮士于荒寺见僵尸自树林古墓出，至一大宅门外，有一红衣妇掷出白练牵引之，尸即攀援而上。壮士先回窃其棺盖藏之（据闻僵尸失去棺盖，即不能作祟）。俄而僵尸归，见棺失盖，窘甚，仍从原路跟跄奔去，至楼下且鸣且鸣，楼上妇人则拒之上。鸡忽鸣，尸倒于地。壮士同人往楼观之，楼停一枢，有女僵尸亦卧于棺外。众人知为男女僵尸野合，乃合于一处而焚之。

这两个僵尸故事，比时下的僵尸电影更恐怖也更有趣。它们不仅有异于流俗的克制僵尸方法，而且指出僵尸在成为一种长期存在状态后，只剩下食、色与攻击等基本欲望。从精神分析来看这种安排也饶有趣味。中国人认为驱使僵尸作祟的魄是物质性的灵魂，它跟弗洛伊德所说的原我（id）有几分类似。因为德文里的 id 正有英文里 it 的意思，是指心灵中物质的成分。魄与原我同样蕴涵了人的本能欲望——食、色与攻击。

棺材边的爱情故事

鬼是人死后有魂无魄的存在状态，这种说法当然是以偏概全。笔记小说里的鬼，其实相当多样，它们的特质也因叙述者的不同而异甚至互相矛盾，《子不语》中的鬼故事也有这种毛病。让笔者感兴趣的并非鬼的现象与本质，而是它除了作为灵魂信仰的一种必然产物外，是否还具有其他的功能？因为鬼通常具有思想、记忆、情感，它们流连于人间，往往是因为有未了的心愿、难消之恨、难忘之情等。这类的鬼故事最多，也是大家所熟悉的，这里就不谈。下面笔者挑选另一类鬼故事，来阐述它被忽略的其他功能。

《煞神受枷》一文说，李某病亡，已殓。妻不忍钉棺，朝夕哭。迎煞之日（即头七），妻不肯回避，坐亡帐中待之。二更见一红发鬼卒手持铁叉，以绳牵其夫从窗外入。红发鬼卒放叉解绳，坐而大啖酒馔。夫魂走至床前揭帐，妻哭抱之，如一团冷云，遂裹以被。红发鬼卒竞前牵夺。妻大呼，子女尽至，鬼卒踉跄走。妻以所裹魂放置棺中，尸渐奄然有气，天明而苏，后又为夫妇二十年。

《鬼逐鬼》一文则说，左某妻病卒。左某不忍相离，终日伴棺而寝。七月十五日，忽有缢死鬼披发流血，拖绳而至，直犯左某。左某慌急拍棺求救，其妻勃然掀棺而起，挥臂打鬼，鬼踉跄逃出。妻魂谓左某曰："汝痴矣！夫妇钟情，一至于是耶？……盍同我归去，投人身，再作偕老计耶?"左某唯唯,不逾年,亦卒。

这两个棺材边的爱情故事,因为棺材、尸体、红发鬼卒、缢死鬼的布局,而使夫妇间的情爱增加了一层诡秘的色彩。李某妻是抱着如"一团冷云"的夫魂,而左某则拍棺急呼"妹妹救我!"最后,一个是死者还阳,重续旧情;另一个是生者归阴,再做夫妻。因为鬼的介入,而使我们对"问世间情为何物? 直教人生死相许"有了更深刻的体认。棺材与鬼让我们的情绪骚动,而这种骚动正有助于我们体验爱情的深度。

鬼成了灵魂的兴奋剂

《赠纸灰》一文说,某捕快偕子缉贼,其子夜常不归。父疑而遣徒伺之,见其子在荒草中谈笑。少顷,走至一攒屋内,解下衣,抱一朽棺作交媾状。徒大呼,其子始惊起,归告母曰:"儿某夜乞火小屋,见美妇人挑我,与我有终生之订,以故成婚月余,且赠我白银五十两。"取出怀中银,则纸灰耳。访诸邻人,云"攒屋中乃一新死孀妇"。

这个棺材里的性爱故事,也为我们提供了另一种诡异的激情。"抱一朽棺作交媾状"跟"抱一棉被作交媾状",所

— 242 —

激发的情感反应是很不一样的。前者将性与死亡、恐怖作了诡秘的结合，似乎更能触及我们最黑暗、最深远的灵魂。

这就是我所说的鬼的其他功能。鬼虽是灵魂信仰的产物，但它也会反过来触动我们的灵魂（心灵）。在恐怖的气氛中，我们的灵魂因鬼而战栗。这种灵魂的战栗抖落我们习以为常的钝感，而对与此情境相关的事件产生更敏锐的异样感受。在爱情与性方面如此，在其他方面也是如此。所以说，鬼是"灵魂的兴奋剂"。

灵魂之剽窃——附身

死后脱离肉体的魂，有时候会附在其他肉体上，也就是一般所说的"附身"。《子不语》里也有不少附身的故事，譬如《蒋金娥》一文。农民顾某娶妻钱氏，钱氏病卒，忽苏，呼曰："此何地？我缘何到此？我乃常熟蒋抚台小姐，小字金娥。"拒其夫曰："尔何人，敢近我？"取镜自照，大恸曰："此人非我，我非此人！"钱家遣人密访，常熟果有蒋金娥方卒，遂买舟送至常熟。蒋府不信，遣家人到舟看视。妇乍见，即能呼某姓名。蒋府恐事涉怪诞，赠路费，促令回。妇素不识字，病后忽识字，能吟咏，举止娴雅，非复向时村妇模样。

附身是一种相当复杂的现象，在精神医学教科书里，有很多类似这种附身的案例，不过它们均属于"解离型歇斯底里精神官能症"（hysterical neurosis，dissociative type），也就是一般所说的"双重人格"。譬如美国的心理学之父詹姆斯（W. James）就报告过这样一个病例：1887 年 3 月 14 日，在宾夕法尼亚州的诺利斯敦，一个叫布朗的杂货商突然惊慌失措地问人说："此何地？我缘何到此？我乃罗得岛州牧师伯恩也!"邻居趋前探问，他也惶惑地问："尔何人?"邻居打电话到罗得岛州的普罗维登斯查问，果然有一位名叫伯恩的牧师，不过不是去世，而是失踪。事情的真相是，伯恩牧师在同年 1 月 17 日到普罗维登斯领款后，即迷迷糊糊地来到诺利斯敦，自称名叫布朗，租了一间小店做起杂货生意来，完全忘记自己过去的身世和经历。两个月后才如大梦乍醒，又完全忘记在诺利斯敦的一切，而只记得自己过去的身世和经历。

附身与双重人格

在双重人格的案例里，也有像钱氏与蒋金娥在言行、举止、智商方面差异甚大的，譬如利普顿（Lipton）报告的一个女病人。她有两个人格，分别名叫莎莉与玛乌德。莎莉文静忧郁，喜穿灰色平底鞋、不化妆、不抽烟，智商为128；而玛乌德则活泼放浪、喜穿露趾高跟鞋、涂脂擦粉、抽烟，智商为43。

笔者当然无法说《蒋金娥》一文讲的就是一个经过加油添醋的双重人格病例，但从目前精神医学对多重人格的解释上，我们却能获得有关灵魂的新启示。用浅显的话来说，多重人格乃是一个人的肉身内同时具有数种不同的灵魂，而我们每一个人其实都具有这种多重人格的倾向，只是量与程度的问题而已。1984年，第一届国际多重人格研究会于芝加哥召开，与会学者认为多重人格是解开心灵如何影响肉体之秘的一把钥匙。这与传统灵魂信仰里的附身现象，在意涵上可以说非常类似。

灵魂之考古——前世

在民间信仰里，正常情况下，脱离死亡肉身的魂，是要到地狱报到，然后投胎转世的。因为喝了忘魂汤之类的东西，再世为人时，对前世的经历就不复记忆。不过灵魂既然是一再轮回，自然就会有人记得前生乃至三生的经历。《曹能始记前生》就是这样的一个故事：话说进士曹能始路过仙霞岭，觉山光水色恍如前世所游。暮宿旅店，闻邻家有妇为亡夫做三十周年忌，哭声甚哀。询其死年月日，正是己所生年月日。曹遂入其家，竟宾至如归，历举某屋某径，毫发不爽。前妻已白发盈头，不可复认。曹命人开启关锁之书屋，尘凝数寸，未终篇之文稿，宛然俱在。

这种"走向过去"的故事在古代相当多。譬如唐宋八大家之一的苏东坡，在被贬到杭州后，就觉得自己前世曾住在这里。林语堂在其所著《苏东坡传》里说："有一天他（苏东坡）拜访寿星院，一进大门就觉得景物很熟悉。他告诉同伴，他知道有九十二级石阶通向忏堂，结果完全正确。他还向同伴描述后殿的建筑、庭院和木石。"

林语堂还提到苏东坡好友黄庭坚的故事："诗人黄庭坚告诉别人，他前生是女孩子，他的腋窝有狐臭。他在四川省重庆下游的涪州任职期间，有一天一位少女来托梦说：'我是你的前身，我葬在某地。棺材坏了，左边有一个大蚁窝。请替我迁葬。'黄庭坚照办，左腋窝的狐臭就此消失了。"林语堂说："苏东坡时代大家都相信前生，这种故事不足为奇。"

前世回忆的心理功能

林语堂显然认为，前世回忆乃是灵魂信仰的产物，但就像鬼一样，前世亦另具其他心理功能——它尝试对个人今生的遭遇提出解释。譬如黄庭坚的狐臭乃是他前世尸身的蚁窝在作怪；苏东坡被贬，觉得自己前世就住在杭州，旧地重游、人生如梦的情怀多少可以化解他心中的抑郁。

《子不语》中也有这类的前世故事。《羞疾》一文说：沈秀才年三十余时忽得羞疾，每食必举手搔面、如厕必举手搔臀曰："羞，羞！"家人以为癫，医治无效。沈秀才自言疾发时，有黑衣女子捉其手如此，不得不然。家人以为妖，请张真人捉妖。张真人请城隍查报，得知沈秀才前世为某镇叶生妻，黑衣女子乃其小姑。小姑私慕情郎，叶妻在人前以手戏小姑面曰："羞，羞！"小姑忿而自缢。此段前世恩怨遂使沈秀才在今生得了羞疾。

灵魂的轮回转世加上佛家的因果报应，构成了一个"老妪能解"的诠释学，它不仅可以解释一个人为什么会得狐臭、会有羞疾，还可以解释一个人的际遇穷达乃至群体的兴衰。儒家学者说"格物致知"，但民间百姓喜欢的还是"格灵致知"。在事未易察、理未易明的时代，它满足了人们对"为什么"的好奇心。

对灵魂信仰的反讽

就《子不语》丰富的素材而言，以上所引，难免有挂一漏万之嫌。但我们多少已可看出，袁枚所笔记的故事，虽然杂乱无章，实际上相当完备地反映了民间信仰中灵魂的理论架构。不过在沧海之中，我们也看到几则对灵魂信仰提出嘲讽的故事。《鬼弄人》一文说：冯秀才梦神告知今岁江南乡试题目。次日即预作熟诵之。入闱，果验，以为必售，结果榜发无名。夜间独步，闻二鬼咿唔声。聆之，其闱中所作文也；一鬼诵之，一鬼拊掌曰："佳哉，解元之文！"冯惊疑，以为是科解元必割截卷面而偷其文字。入京具状控于礼部，礼部行查，乃子虚乌有。冯生因此获诬告之罪，谪配黑龙江。

《棺床》一文说，陆秀才求宿材屋，主人以东厢一间迎宾。陆见房中停一棺，心不能无悸，而取《易经》一部灯下观，期以辟邪。二更犹不敢熄烛，和衣而寝。俄而闻棺中有声，一白须朱履老翁掀棺盖起。陆大骇，屏息以观，见翁至陆坐处，翻其《易经》，了无惧色，并袖出烟袋，就烛上吃烟。陆以为此必恶鬼，浑身冷战，榻为之动。白须翁视榻微笑，竟不至前，已而入棺覆盖。陆终夜不眠，次早询于主人。始知棺内乃主人之父，并未死，七十大庆后而以寿棺为床，每晚必卧其中，夜出而被陆误以为鬼。

《赵氏再婚成怨偶》则说，布政司郑某妻赵氏，病卒。临诀誓曰："愿生生世世为夫妇。"卒之日，刘家生一女，生而能言，曰："我郑家妻也。"八岁路遇郑家奴，指认之，并询一切妯娌上下奴婢田宅事，历历如绘。刘女十四岁，有人以两世婚姻乃太平瑞事，劝郑续刘女，时郑年六旬，白发飘萧，女嫁年余，郁郁不乐，竟缢死。

关于灵魂，很多人说"宁可信其有，不可信其无"。但这三个故事却告诉我们，因为"信其有"而导致了可笑甚至悲剧的下场。虽然在《子不语》中，这种醍醐灌顶的声音是微弱的，但它有点类似弗洛伊德所说"理性的声音"。弗洛伊德说："理性的声音虽然微弱，但除非我们听从它，否则它的声音是不会停止的。"

笔者无意在本文中以理性、科学的角度来谈论《子不语》中的灵魂物语（对科学观点有兴趣的读者，可参阅拙著《灵异与科学》一书）。理性主义大师康德早就说过："鬼（灵魂）在公开的场合，总是受到质疑；但在私底下，总有它秘密的相信者。"我们要探寻的是，这种"秘密的相信"代表什么含义。

死亡的议题，深邃的关注

袁枚在《子不语》的序中说："文史外无以自娱，乃广采游心骇耳之事，妄言妄听，记而存之，非有所惑也。"但我看他是大有所"惑"的，而这个"惑"是他所熟知的儒家思想无法为他解开的。

弗洛伊德指出，灵魂信仰乃是来自人类对死亡的恐惧，认为人有不朽的灵魂，可以说是消除此恐惧的一种愿望达成。但更进一步看，灵魂信仰其实是在反映人类对死亡的双情态度：人一方面希望自己有不朽的灵魂；一方面在看到别人的灵魂出现时，却又会产生莫名的恐惧。《子不语》中的灵魂物语正生动地反映了这种双情态度。有些灵魂形态是受欢迎的，譬如《庄生》里出窍的灵魂、《煞神受枷》里亡夫的灵魂、《曹能始记前生》里的灵魂。但有些灵魂形态却是受到拒斥的，譬如《飞僵》里的僵尸、《鬼逐鬼》里的缢死鬼、《羞疾》里的灵魂。

这些灵魂物语，固然多少具备了"正人心、寓劝惩"的功能，但就像我们前面所说的，它另有其他功能。鬼、僵尸、附身、前世等，更像是一种挖掘人类心灵的工具。人类一直以这种工具来刺激神经，满足他们对感觉的饥渴，同时宣泄他们黑暗心灵中的性与攻击欲望。这些题材实在是人类最原始的关注。诚如美国恐怖小说家巴克（C. Barker）所言，在看这类恐怖故事时，"当人们受到惊吓或压抑，当人们将眼睛移开，那一定是眼前存在着令他们难以负荷的东西，如果这种东西令他们难以负荷，那一定是最重要的议题"。

这个重要的议题虽为儒家思想所漠视，但除非我们正视它，否则它的声音是不会停止的。即使时至今日，它仍一直以类似的结构重复现形！

情欲与逻辑：

《今古奇观》里的婚姻试炼

　　"愿天下有情人都成眷属"，但大家喜欢听的却是情爱与婚姻产生冲突、摩擦而几至"不可相容"的故事。

　　情欲与逻辑之间存在严重的对立而难以调和时，它就会以悲剧收场，譬如《王娇鸾百年长恨》《庄子休鼓盆成大道》。

　　要调和情欲与逻辑的冲突，只有一种方法，那就是"和稀泥"。宽恕经常身不由己的情欲，原谅经常考虑不周的逻辑。

　　如果是男人爱到最高点，而女人心中有逻辑，较能有平凡的幸福；但如果是女人爱到最高点，而男人却心中有逻辑，那就会产生麻烦！

情爱与婚姻是最重要的议题

在《今古奇观》这部四十卷的民间说部里，有将近半数属于情爱与婚姻的故事。其中如《庄子休鼓盆成大道》《乔太守乱点鸳鸯谱》《金玉奴棒打薄情郎》《卖油郎独占花魁》《蒋兴哥重会珍珠衫》《王娇鸾百年长恨》等，都相当知名，而为戏剧、电影、电视所一再搬演。

过去的论者经常只择取其中一篇，来探讨它所呈现的情爱婚姻或性别角色观。这种微观的立场，当然无可厚非，但若想借此管窥民间百姓在这方面的看法，显然有着严重的缺陷。《今古奇观》里的这些故事，单篇来看，固然是篇篇都有丘壑与胜景，但有的柳暗，有的花明，我们很难断定何者能代表当时民间的主流观点。事实上，这些来自民间的故事，除了情节的曲折堪称奇观外，其样貌的丰繁也相当周延地呈现了人类在情爱与婚姻方面今古不变的重要议题。

面对这么丰富的素材，我们除了分而析之外，更宜合而观之。像拼图游戏般，排比各个丘壑，将它们拼凑成一幅较大的山水，然后拉开距离，放大视野，用心观赏。这样对这幅代表民间情爱婚姻与性别角色观的山水写意图，我们才较能看清它在深层有着怎样的地质结构，而在表层又是如何峰回路转与柳暗花明。

这种观赏方式不仅是宏观的，而且还是动态的。本文准备采取的就是这种方式。

五个故事的普同结构

说到情爱，连悲观的哲学家叔本华都不得不承认，它是人间最令人狂喜的一种体验；至于婚姻，连给人分类和"贴标签"的精神医学家莱因（R. D. Laing）也不得不承认，它是人类所创建的最美好的一种制度。但几乎所有让人传诵不已的情爱与婚姻故事，诉说的都是这两者间的冲突与摩擦。而它，亦正是《今古奇观》这类故事所具有的普同结构。

《庄子休鼓盆成大道》里的田氏，在丈夫庄子用话试她时，原本矢志节烈。但庄子死后，她在守丧期间即对来访的楚国王孙产生情爱，主动求婚，将灵堂翻成洞房。为了治王孙之病，更劈棺欲取庄子脑髓。从棺中叹气而出的庄子，嘲弄田氏对婚姻的誓约，而使田氏羞愧自杀。

《金玉奴棒打薄情郎》里的穷书生莫稽，入赘乞丐团头金老大家，与妻子玉奴原本恩爱。但等他连科及第，登上龙门之后，却暗悔与乞丐结亲为终身之玷，而在赴任途中将妻子推坠江中，欲另攀高亲。

《王娇鸾百年长恨》里的周廷章，与王娇鸾在后花园邂逅，罗帕为媒，诗歌唱和，日渐情热，终至登堂入室，誓偕伉俪。但周廷章在返乡后，竟忘前盟，别娶他人，而使王娇鸾守望成空，悒郁自杀。

《乔太守乱点鸳鸯谱》里的孙润，乔装成姐姐出嫁。刘慧娘则小姑伴嫂嫂同眠，孤男寡女一见钟情，干柴烈火，结果搞乱了三对青年男女间的婚约，而使各家家长一状告到官府里去。

《蒋兴哥重会珍珠衫》里的蒋兴哥，原与妻子三巧儿恩爱异常，因在外经商羁留，独守空闺的三巧儿竟与人通奸。一件珍珠衫让蒋兴哥识破了妻子的移情别恋，怒火中烧的他回乡后，即将挚爱的妻子休掉。

感官知觉与理性思维间的矛盾

以上所举，虽非这五个故事的全貌，但我们已可看出，它们的脉络都是沿着情爱与婚姻的冲突及摩擦来发展的。我们也可以说，它们所欲呈现的共同主题是，情爱与婚姻所带来的试炼。

"愿天下有情人都成眷属"，这句老掉牙的俗语似乎在告诉我们，情爱与婚姻原本具有极高的相容性。但大家喜欢写、喜欢听的却是这类有着冲突与摩擦而让有情人不能成为眷属，或眷属翻作无情人，使情爱与婚姻几至不可相容的故事。

为什么会有这种现象呢？极可能是因为这种冲突与摩擦触及了人类存在的一个本质问题：情爱出乎自然，主要是一种感官知觉体验；而婚姻则来自文化，有着浓厚的理性思维色彩。就像结构主义之父列维-斯特劳斯（C. Lévi-Strauss）所言，自然与文化、感官知觉与理性思维之间，在本质上经常有着矛盾甚至对立的关系。

如果我们将本文欲讨论的感官知觉称为情欲，理性思维称为逻辑的话，那我们可以更精确地说，《今古奇观》里的这类故事，在表面上虽是情爱与婚姻间的冲突、摩擦，实质上则是情欲与逻辑间的矛盾、对立。

在基本的层面上，一个动人的爱情故事跟一个迷人的知识体系有着同样的特性与关注。列维-斯特劳斯曾说，他的"三位情妇"——地质学、精神分析与社会主义——"所探讨的乃是同一问题：理性思维与感官知觉之间的关系"。我们也可以说，《今古奇观》里的这类故事探讨的乃是同一问题：情欲与逻辑间的关系。

要想以婚外情、男尊女卑等语汇及概念来涵盖《今古奇观》里的这类故事（不只以上所举五个，下详），都会显得捉襟见肘，或削足适履。唯一能无碍地贯穿它们的似乎只有"情欲与逻辑之关系"这句话，它也是来自民间、质朴而真切的情爱与婚姻故事最大的关注所在。

情欲压倒逻辑的代表

存在哲学家加缪在谈到人世的种种冲突与不幸时，曾说："有些是来自情欲，有些则来自逻辑。"以这句话来解读《今古奇观》里的这些故事，显得格外贴切。

情欲与逻辑虽有本质上的矛盾，但平日隐而不显，倒也能维持和平的假象。要暴露出它们的对立关系，必须有一导火线，而使情欲压倒了逻辑，或逻辑压倒了情欲。《乔太守乱点鸳鸯谱》和《蒋兴哥重会珍珠衫》可以说是情欲压倒逻辑的代表。

《乔太守乱点鸳鸯谱》原先呈现的是一种逻辑布局。刘璞与孙珠姨、孙润与徐文哥、裴政与刘慧娘三对男女，从小就订婚，且均已下聘，只待完婚，这种婚姻关系是理性思维的产物。刘璞患重病，为了冲喜而急着迎娶；知情的孙家以孙润"弟代姐嫁"；刘家以慧娘"姑伴嫂眠"；这些举措也都来自理性思维。

但这种逻辑布局却被孙润与刘慧娘的情欲搅翻天。当两人同床共眠时，"神魂飘荡，此身不能自主"的感官知觉战胜了理性思维，在旁铺"监听"的养娘"只听得床绫摇动，气喘吁吁"。次早，养娘责怪孙润不该"口不应心，做了那事"。孙润说："恁样花一般的美人，同床而卧，便是铁石人，也打熬不住，教我如何忍耐得过？"情欲一旦战胜了逻辑，便一发不可收，孙润和刘慧娘一连数夜，"颠鸾倒凤，海誓山盟，比昨夜更加恩爱"。以下故事的发展就是他们的情欲和父母的逻辑与各自的婚约逻辑形成对立的演变。

《蒋兴哥重会珍珠衫》原也有着逻辑布局，蒋兴哥因与三巧儿夫妻恩爱，不忍分离，而耽搁了在广东的生意。最后，蒋兴哥在理性思维下毅然成行，并理智地告诉妻子："娘子耐心度日，地方轻薄弟子不少，你又生得美貌，莫在门前窥瞰，招风揽火。"

但三巧儿却在门前窥瞰，而招揽来陈大郎的情风欲火。陈大郎央托薛婆，薛婆转而对三巧儿的情欲煽风点火。夜间和三巧儿"絮絮叨叨，你问我答，凡街坊秽亵之谈，无所不谈"，并"说起自家少年时偷汉的许多情事，勾动那妇人的春心"。最后，在夜里拖陈大郎到三巧儿的床上，成其好事。

民间故事惯以极端情境——让两个在逻辑上不该靠近的男女靠在一起，结果只有两种情形：一是这对男女的感官知觉瓦解了他们的理性思维；一是尽管他们洁身自爱，但仍造成第三者理性的崩溃（譬如《钱秀才错占凤凰传》里的颜俊）。逻辑在面对自己或他人情欲的挑战时，似乎显得不堪一击。

逻辑压倒情欲的情况更多

情欲虽然可怕，但《今古奇观》里更多的是逻辑压倒情欲的故事。在《金玉奴棒打薄情郎》里，莫稽在贫贱时节，和金玉奴夫妻一场，虽说不上恩爱无比，但对她的才貌也是喜爱的。在连科及第后，他的理性思维开始发作："早知有今日富贵，怕没王侯贵戚招赘为婿；却拜个团头做岳父，可不是终身之玷？养儿女出来，还是个团头的外孙，被人传作话柄。"逻辑推演的结果是："除非此妇身死，另娶一人，方免得终身之羞。"于是在半夜将玉奴出其不意地推坠江中。

在《王娇鸾百年长恨》里，周廷章对王娇鸾原本情爱难舍。在返回故乡后，知道父亲已和魏同知家议婚，正要接他回来行聘完婚。廷章初时有不愿之意，"后访得魏女美色无双，且魏同知有十万之富，妆奁甚丰；慕色贪财，遂忘前盟"。理性思维使他淡忘了对王娇鸾的情爱。

在《宋金郎团圆破毡笠》里，宋金郎娶船夫刘翁之女宜春为妻。刘翁见金郎辛勤做活，算盘账簿样样精通，倒也满意。孰料宋金郎因痛念爱女早夭而致病，刘翁和刘妪的理性思维遂开始发作："当初只指望半子靠老，如今看这货色不死不活，分明一条烂死蛇，累死身上，摆脱不下。把个花枝般女儿误了终身，怎生是了？为今之计，如何生个计较？送开了那冤家，等女儿另招个佳婿，方才称心。"逻辑盘算的结果，刘翁将重病的宋金郎载到江中沙岛丢弃，活生生地拆散了一对恩爱夫妻。

冷静思考与分析的工具理性

在《杜十娘怒沉百宝箱》里，监生李甲迷恋名妓杜十娘美色，致老父痛心。床头金尽，幸赖十娘恩爱及友人义助，得以为十娘赎身。在买棹归乡途中，浪荡少年孙富垂涎十娘美色，对李甲作了如下的逻辑分析："她既系六院名妓，相识定满天下；或者南边原有旧约，借兄之力，挈带而来，以为他适之地。即不然，江南子弟，最工轻薄，兄留丽人独居，难保无逾墙钻穴之事。若挈之同行，愈增尊大人之怒。为兄之计，未必善策。况父子天伦，必不可绝。若为妾而触父，因妓而弃家，海内必以兄为浮浪不经之人，兄何以立于天地之间？兄今日不可不熟思也。"李甲"熟思"的结果，遂将原本恩爱无比的杜十娘以千金之价让渡给孙富。

《今古奇观》里的这类理性思维，显然不是摒弃主观自我，探讨观念与观念间之逻辑关系，而让人理解到情欲虚幻的"绝对理性"，相反地，它们都含有浓厚的主观色彩，都是用来否定某一情欲特定对象的"工具理性"，而这也正是广大庶民阶级最常有的生命逻辑。它和情欲同样是"可欲的"（desirable），只是它的"可欲性"是属于知性的，有价值判断介入而已。在这种生命逻辑的推演下，价值可疑的、特别是已成为消耗品的情欲对象，就难逃被牺牲的命运。

庄子试妻：对情欲与逻辑的嘲弄

《庄子休鼓盆成大道》是《今古奇观》里值得品味的一则故事，对情欲与逻辑的关系也作了深刻的描述，我们有详加申论的必要。

庄子一日下山出游，见荒冢累累，正叹："老少俱无辨，贤愚同所归。"嗟叹生命的虚幻无常时，却看到一个妇人真实的情欲：一缟素妇人正辛勤地在执扇扇坟，原来她亡夫遗言，须等"坟土干了，方才可嫁"。她巴不得坟土早干，所以"向冢连扇不已"。庄子虽觉可笑，但仍助其一臂之力，举扇对坟头连扇数扇，"坟土顿干"，妇人欣喜地千恩万谢而去。

庄子回家将经过告诉妻子田氏，田氏忿然痛骂那妇人没廉耻及庄子的轻薄。庄子用话试她："假如不幸我庄周死后，你这般如花似玉的姿容，难道捱得过三年五载？"

田氏即说出"妇道人家一鞍一马"的烈女逻辑来，就是"梦儿里也还有三分的志气"。但庄子认为田氏的这种理性思维只是"谈空说嘴"，是经不起感官知觉的挑衅的。于是他以分身隐形的法术做了个实验：自己诈死，而幻化成一个"俊俏无双，风流第一"的楚国王孙，出现在田氏面前。

田氏一见王孙，就动了怜爱之心。刚开始尚以理智来围堵自己的情欲，但几日的眉来眼去，终于情不自禁、按捺不住，主动托老苍头向王孙求婚。王孙提出三个在理性思维上令人为难之处，都被田氏的情欲所化解。在将灵房翻成洞房，两人欢天喜地"正欲上床解衣"时，王孙忽然怪病发作。悬搁在高原状态的情欲，终于使得田氏劈棺欲取庄子脑髓来治王孙的病，做出比妇人扇坟更可怕的事来。

当庄子从棺中叹气而出时，情欲梦碎的田氏虽然捏了把冷汗，但仍巧言粉饰。见王孙主仆两人失去踪影，又放胆对庄子撒娇撒痴，"甜言蜜语，要哄庄生上床同寝"。庄子用手一指，楚王孙和老苍头即从外面踱将进来。田氏自此始知一切都是丈夫的恶作剧，自觉无颜的她，遂羞愧自尽。

拥有肉体是思想生活的威胁

在这个故事里，庄子所试探与嘲弄的，不只是田氏的逻辑，更包括她的情欲。可怜的田氏，被庄子的法术推入让她的逻辑和情欲都产生战栗的情境中，时而理性思维压倒感官知觉，时而感官知觉又压倒理性思维，最后不得不在精神恍惚中自杀身亡，让她的情欲和逻辑同归幻灭。

庄子的法术所安排的情境也许是人间难见的，但它却是"绝对理性"的象征。当观念与观念、命题与命题环环相扣时，则在那完美而又残酷的极端情境中，任何凡人都可能像田氏一样，暴露出情欲与逻辑间的矛盾，然后瘫痪。

田氏的遭遇让笔者想起小说家普鲁斯特（M. Proust）的一句话，他说："拥有肉体，对思想生活而言，乃是一大危险。"其实，"拥有思想，对肉体生活而言，亦是一大折磨"。而人类就是一直生活在这种危险与折磨中。王孙唯有吞食脑髓（思想所由生之处），才能满足田氏肉体的欲求；而田氏唯有毁灭自己的肉体，才能保有她的节烈思想。

庄子似乎是《今古奇观》里唯一能摆脱这种危险及折磨的"得道高人"，而这个"道"说穿了，就是体悟到生命之虚幻，然后看破红尘。故事开头的西江月词："富贵五更春梦，功名一片浮云。眼前骨肉亦非真，恩爱翻成仇恨。"以及结尾时的鼓盆而歌："大块无心兮，生我与伊。我非伊夫兮，伊岂我妻？偶然邂逅兮，一室同居。大限既终兮，有合有离。……敲碎鼓盆不再鼓，伊是何人我是谁？"都表明了这个意思。

情欲与逻辑矛盾的调和

但所谓"圣人忘情，最下不及情。情之所钟，正在我辈"。《今古奇观》的这些情爱与婚姻故事，关心的并不是以"绝对理性"来洞烛人生之虚幻，而是如何调和情欲与逻辑之间的矛盾，使大家活得更快乐一点。

情欲与逻辑之间若存在严重的对立而难以调和时，它就会以悲剧收场，譬如《王娇鸾百年长恨》《庄子休鼓盆成大道》。在《王娇鸾百年长恨》里，当周廷章对王娇鸾的情欲达到最高点时，写下婚书："女若负男，疾雷震死；男若负女，乱箭身亡。"立了重誓，方与王娇鸾携手上床，兴云布雨。后来他的逻辑战胜了情欲，娇鸾在自杀前将婚书寄给吴江知县，官府乃押廷章上堂，骂曰："我今没有箭射你，用乱棒打死，以为薄幸男子之戒。"结果被乱棒打成肉酱，好不凄惨！在《庄子休鼓盆成大道》里，当庄子用话试田氏时，田氏大怒，说："忠臣不事二君，烈女不更二夫。那见好人家妇女吃两家饭，睡两家床？若不幸轮到我身上，这样没廉耻的事，莫说三年五载，就是一世也成不得！"结果不到半个月，就做出"没廉耻"的事来，无地自容，只好羞愧自杀。

周廷章因太相信自己对王娇鸾的情欲，而田氏则因对自己的烈女逻辑过于自信，结果在日后情欲与逻辑发生冲突时，都狠狠地打了自己的嘴巴，在没有转圜余地的情况下，只能以悲剧收场。

整体说来，《今古奇观》里的爱情故事，是喜剧多于悲剧的。在《乔太守乱点鸳鸯谱》里，当孙润与刘慧娘的情欲使原本的婚约逻辑瘫痪时，各家父母都进退失据，不知如何是好。乔太守的明断是让生米煮成熟饭的孙润和刘慧娘配成双，另将孙润的未婚妻徐文哥和刘慧娘的未婚夫裴政送作堆，结果不仅化解了可能的悲剧，更将丑事变成美谈。他在判词里说"十六两原是一斤""事可权宜""独乐乐不若与人乐"，无非是希望大家"看开一点"，若不执着于目前情欲与逻辑所带来的矛盾，那么在另一个层次，它们是可以获得整合的。

宽恕激动的情欲，原谅褊窄的逻辑

在《金玉奴棒打薄情郎》里，被莫稽推坠江中的金玉奴，奇迹般地为淮西转运使许德厚所救。许某怜玉奴遭遇，收她为义女。而许某又刚好是莫稽的头顶上司，他有心让他们夫妻破镜重圆，故意招不知情的莫稽为快婿。在新婚之夜，皮松骨软的莫稽一进洞房，却遭丫环持棒一顿毒打。玉奴骂不住口："今日还有何颜面，再与你完聚？"而满面羞惭的莫稽只顾叩头求恕。最后许德厚出来打圆场："凡事看我之面，闲言闲语，一笔都钩罢！"在这位通达历练的长官眼中，情欲与逻辑的冲突，只是"闲言闲语"，但似乎也只有这种心胸，才能调和两者，让对立又变成统一。

在《蒋兴哥重会珍珠衫》里，蒋兴哥知道妻子红杏出墙后，愤而休妻。但当三巧儿要改嫁过路的潮阳县知县为妾时，蒋兴哥念及昔日恩爱，不仅不阻挡，反而将三巧儿留下的十六箱细软全数交割予三巧儿，当作陪嫁。乡里间"有夸兴哥做人忠厚的，也有笑他痴的，还有骂他没志气的"。但就是因为这样的忠厚、痴与没志气，使蒋兴哥日后在潮阳县闯祸被送官时，三巧儿感念兴哥旧情，而替他解围。潮阳知县在晓得两人原是夫妻后，居然大方地说："你两人如此相恋，下官何忍拆开？幸而在此三年，不曾生育，即刻领去重聚。"于是夫妻又破镜重圆。

这三个喜剧有一个共通的地方，当当事者因情欲与逻辑的冲突而陷入困境中时，出面调和，将对立又化为统一的，都是比当事者更高阶的人士。乔太守、许德厚、潮阳知县都是这种人。事实上，在《庄子休鼓盆成大道》里，和丈夫生前恩爱，而死后却急着扇坟的妇人，也是庄子这位高人助她一臂之力，才使她如愿的。

这种安排似乎在说，当情欲与逻辑发生冲突时，不仅需要高阶人士以他们高人一等的地位来加以裁夺，而且需要他们以高人一等的智慧来加以调和。事实上，这几位高人的裁夺都是有违司法正义与公序良俗的，但这正是他们的智慧所在。若要一板一眼地来处理情欲与逻辑的冲突，那只好以悲剧收场，即使不死，也留给当事者无尽的追悔与创伤。

要调和情欲与逻辑的冲突，只有一种方法，那就是"和稀泥"。宽恕经常身不由己的情欲，原谅经常考虑不周的逻辑，这样大家才能活得更快乐一些。

爱到最高点，心中有逻辑？

人因自然所赋予的情欲，而有男欢女爱。文化则将这种男欢女爱纳入婚姻的模式中，因为这是最符合族群利益的逻辑安排。《今古奇观》里的这些故事，乃至所有其他的同类故事，虽然描述的都是情爱与婚姻的冲突、情欲与逻辑间的矛盾，但基本上，它们对情爱与婚姻都是持肯定态度的。这些故事与其说是对情爱与婚姻的嘲讽，不如说是对情爱与婚姻的试炼。

根据当代心理学的调查研究，在情爱与婚姻方面，男性较重视感官知觉，而女性则较具理性思维。但在《今古奇观》里，带来冲突的却似乎以女性的情欲（如田氏与三巧儿）及男性的逻辑（如莫稽与周廷章）为主。在这里，民间文学所反映的并非人生的全貌，而是社会的认知。在社会及婚姻方面都占优势的男性，如果不节制他的工具理性，那就会令人发指；而占劣势的女性，如果不自挫她的情欲，那就会带来麻烦。这恐怕也是民间百姓在情爱与婚姻方面，内心真正的忧虑与期盼。

情爱与婚姻间的冲突，症结在于当有人爱到最高点时，有人却心中有逻辑。一般说来，如果是男人爱到最高点，而女人心中有逻辑，较容易有所谓平凡的幸福；但如果是女人爱到最高点，而男人却心中有逻辑（或者男女双方爱到最高点，而家长却心中有逻辑的话），那就会产生麻烦了！这是《今古奇观》这些故事共同的核心结构，也是它们的共同关注所在：对男性的逻辑与女性的情欲加以试炼，然后宽恕可以宽恕的。